星座の人　山川健次郎

―白虎隊士から東大総長になった男―

星　亮一

ぱるす出版

はじめに　～会津が生んだ巨人～

白虎隊の隊士から東大総長へ

明治、大正から昭和の初期にわたり「星座の人」と呼ばれた教育界の大御所がいる。「星座の人」とは、社会を導く人という意味である。その人の名前は山川健次郎《けんじろう》という。

生地は会津若松で、嘉永七年（一八五四）の生まれ。幼少の頃はあの有名な白虎隊の隊士だった。十八歳のときアメリカ留学の機会に恵まれ、翌年には名門エール大学に学び、長じて東京帝国大学に奉職し、薩長藩閥政府のなかで二度も総長を務めた。これは異例中の異例といってよい。

この間、京都帝国大学、九州帝国大学の総長も務めた。東北帝国大学の創立にも深く関係した。東京物理学校、現在の東京理科大学の創立にも尽力した。退官したあと武蔵高校（現在の武蔵学園、大学・高校・中学）、明治専門学校（現在の九州工業大学）の校長や総裁も務めた。

全国を歩いて教育談義も行った。日本人初の東京大学の物理学科の主任教授であり、湯川秀樹、朝永振一郎ら日本の物理学者は皆、健次郎の流れをくみ、有名な物理学者田中館愛橘《たなかだてあいきつ》、長岡半太郎《はんたろう》は直弟子だった。

フロックコートを着た乃木将軍

風貌は巨眼炯々として会津武士の気迫がただよい、見るからに偉丈夫だった。終生清廉潔白を旨とし、東京小石川の住まいは田舎臭く破れ別荘のようであった。芸妓が出る宴会には出席せず、講演会に招かれても報酬は一切受け取らなかった。

相当の堅物だったが部下や学生には優しかった。会津若松の戦争で敗れた会津の人々は本州最北端の下北半島に流され、極貧の暮らしを強いられた。それを思うと贅沢は出来なかった。彼の自宅にはいつも会津の青年が何人か居候していた。あるとき書生が勢いよく雨戸を閉めた。健次郎は手を挟まれ怪我をしたが、とがめることはなかった。

教育現場でも同じだった。健次郎はいつも学生や生徒のことを考えていた。大正五年(一九一六)、東京帝大の学生四人が山梨県北部の笛吹川上流の渓谷で遭難死する事故があった。この知らせが入るや健次郎はただちに学生監を現地に向かわせ、学生の家にも職員を送り、遺体が荼毘にふされて遺骨が中央線の飯田町駅に到着したときは自ら駅に出迎え、涙を拭きながら遺族に弔意を述べた。若者の死がいかに悲しいか、彼には会津戦争で骨身にしみていた。

白虎隊士から東京帝国大学総長に上りつめ、明治、大正、昭和初期の教育界の大御所といわれた山川健次郎の素顔はこんなものだった。人々はそんな健次郎を、

「フロックコートを着た乃木将軍」

といった。一つのことを成し遂げると、それを弟子たちに譲った。弟子の方がいつの間にか有名になった。それでいいのだと健次郎は考えた。

私の胸を熱くした話

私は本書の主人公、山川健次郎の三女、照子さんにお会いしたことがある。そのとき、照子さんは、「父は鷹のような鋭い目をしていた」といった。また子供の頃は白虎隊の話を何度も聞かされたとも語った。さらに弟子の玉虫文一《ぶんいち》氏にもお会いした。そのころ、氏は武蔵大学で化学を講じ、退官後は名誉教授として研究を続けていた。

私は氏に「(山川健次郎と) どういうご関係でしたか」と聞くと、彼は、こう答えて涙ぐんだ。「東大理学部の助手時代、先生から『君はどこの出身かね』と聞かれたのです。それで私は『仙台です』と答えました。すると先生は『じゃあ玉虫左太夫《さたゆう》先生の一族ですか』と聞くのです。『はい』と答えると先生は『そうだったのか』と、じっと私を見たのです。そして先生は『あのときは大変お世話になった』といわれ、頭を下げられたのです」

私は驚き、なるほどと思った。玉虫左太夫は仙台藩の参謀だった。会津が朝敵の汚名を着せられ、仙台藩に追討の命が下ったとき、それに異を唱えたのが左太夫だった。彼は仙台藩の使節として会津鶴ヶ城を訪れ、藩主松平容保と親しく歓談し、会津救済を約束した。左太夫が窮地に陥った会津の人々をどれだけ勇気づけたか、健次郎はそのことをよく知っていた。

やがて仙台は会津とともに戦い、白河には一千人もの大軍を送ってくれた。しかし武運つたなく戦いに敗れ、左太夫は責任をとって自刃する羽目になった。健次郎はこのことを決して忘れてはいなかった。玉虫文一氏を知ってからの健次郎は、なにかといっては彼の面倒を見た。そしてついには、文一を東大から武蔵高校に招いた。文一は戦後もずっと武蔵大学に勤務した。

「いい話だなあ」と、そのとき私は思い、健次郎はそういう人なのだと、胸が熱くなった。

玉虫左太夫については私も大好きで、彼が書いた『航米日録』を何度も読んでいた。仙台藩の下級武士だった左太夫は、脱藩して江戸に向かい、外国事情を勉強すべく、伝手を頼って幕府外国方に潜り込んだ。万延元年（一八六〇）、日米修好通商条約批准のため幕府使節がアメリカに派遣されたとき、左太夫も随員に選ばれ、アメリカに渡った。

ニューヨークやワシントンをつぶさに見た左太夫はアメリカの大統領制度や上下両院の議会制度に強い関心を寄せ、日本の未来像を描くようになった。左太夫が考えた新生日本は、国民すべてが参加する共和政治であった。

彼は、錦旗を掲げ、自分だけが「官軍」で他は「賊軍」とする薩長のやり方には我慢がならなかった。左太夫は会津を支援して薩長との戦いに突入したのであった。会津も仙台も薩長とは異なる独自の国家ビジョンを持って戦争に突入したのである。

今も脈々と流れる健次郎の精神

私はかつて健次郎が学んだ会津藩黌日新館の流れをくむ福島県立会津高校で講演したことがあった。男女共学になり、伝統の剣舞隊にも女子生徒が入っていた。どの生徒も会津の歴史に深い関心を持ち、山川健次郎についてもその業績を知っていた。そして同じ年代だった白虎隊の行動についても理解を示していた。

「健次郎の精神は会津の若者に確実に受け継がれている」と、強く感じたのである。

「会津を代表する魂の人」。それが山川健次郎であり、その魂を受け継ぐ会津高校の生徒たちと話し合っていると、必ずや第二、第三の健次郎が会津若松から誕生するに違いないと思った。

長州との和解こそ健次郎の遺志

「戊辰戦争百三十年」のとき私は、秋田県角館町で「戊辰戦争130年in角館」というイベントに出席し、戊辰戦争について基調報告をした。

このとき萩市長野村興兒《こうじ》氏と当時の会津若松市長山内日出夫氏が同じテーブルに着いた。以来、会津若松、長岡などでいくつかの討論会があり「戊辰戦争百三十五年」のとき、ふたたび野村萩市長と菅家一郎会津若松市長が同じ席で戊辰戦争を話し合うシンポジウムが開かれた。

そこでは会津と長州の和解について、菅家市長が大きく一歩踏み出し、双方の交流を表明した。このあと、松平容保の末裔で会津松平家第十三代当主の松平保定氏から、健次郎に関する知られざるエピソードが紹介された。それは長州との和解に関する大要、次のコメントだった。

「本日、長州と会津の交流の討論がありましたが、我々はとうに長州と和解をすませているのです。山川健次郎博士がなかに入り、容保の次男英夫が長州の山田家に養子として入り、和解をすませていたのです。しかし、会津の皆さんの心情も考え、長州との和解については、発言を控えて来ました。しかし、そろそろ憎しみ合うのではなく、真のライバルとして、会津と長州は友好の道を歩むべきです」

「やはりそうだったか」と、私は健次郎の心の広さに感動した。

双方の歴史観に違いはあるが、幕末のある時期、ともに日本を考えたことでは同じだった。やがて双方は死力を尽くして戦い、会津は不幸にして敗れ去った。健次郎は、それをバネにして努力を重ね、教育界の大御所になり、見事、会津の復権を果たした。その健次郎の隠された遺言が、長州との和解であったという事実に私は息をのんだである。

会津と長州は幕末時、日本を代表する雄藩であった。大藩会津の末裔は、いたずらに過去にこだわり、その非を論じるべきではない。雄藩の誇りを持って、長州とも手を携え新たな日本の建設に邁進することこそが健次郎の思いであったと思う。

時代は、明治、大正、昭和、平成、令和と移り変わった。しかし、健次郎がなそうとしたことは今も全く古びていない。いや、むしろ、我々は健次郎が望んだ日本にすることができているのであろうか。

私は、「コロナ禍」で苦しむ令和の今、そのことを自らに問い直そうと思ったのである。そして、その願いを本書に込めたのである。

この本は二〇〇七年十一月ちくま文庫から発刊された「明治を生きた会津人山川健次郎の生涯」をぱるす出版の梶原純司社長のご御厚意で、増補改訂版として出すことができた作品です。梶原社長の御厚意に深く感謝申し上げます。

目次

序　章　危　機　～存亡の淵で～

人びと

山川健次郎の生家は、会津鶴ヶ城の北出丸に面した本二ノ丁にあった。道をひとつ隔てて内藤介右衛門、西郷頼母《たのも》、萱野権兵衛ら重臣の大きな屋敷があった。内藤、西郷、萱野とも家老である。山川家は代々三百石の中級武士の家柄だったが、祖父兵衛の時代に家老に取り立てられ、以来、家老職の家格だった。

健次郎の父重固《しげかた》は郡奉行を務めたが、安政七（一八六〇）年に病没し、兄大蔵が家督を相続した。しかし兄は不在がちで実質的な家長は祖父といってよかった。

会津藩の家老職は、北原采女《うねめ》、内藤介右衛門《すけえもん》、西郷頼母、田中土佐《とさ》、井深茂右衛門《もえもん》、原田対馬《つしま》、小原美濃《みの》、簗瀬三左衛門《やなせさんざえもん》、梶原平馬《へいま》の九家で、それ以外は家老職に取り立てられることはなかった。しかし、幕末に入ると家老職が増えた。横山主税《ちから》、髙橋外記《げき》、諏訪大四郎《だいしろう》、神保内蔵助《くらのすけ》、山崎小助、一瀬要人《かなめ》、萱野権兵衛、上田学太夫《がくだゆう》らと前後して、健次郎の祖父兵衛も家老に抜擢された。というのは、文久二（一八六二）年に藩主松平容保《かたもり》が京都守護職となり、京都、江戸、会津本庁と役所も三つとなり、重臣を増やさざるをえなかったからだ。

健次郎の祖父兵衛は真面目一徹の人だったが、少し変わったところがあった。新しがり屋で、なんでも人より先に試してみた。たとえば洋式銃の優秀性に着目し、使用人に西洋銃を撃たせたり、種痘《しゅとう》が天然痘の予防になると聞くや、家族全員にこれを施した。そのためいつの頃からか兵衛には「西洋かぶれ」という渾名《あだな》がついていた。

が、なんといっても兵衛の真骨頂《しんこっちょう》は忠実、厳格な人柄にあった。普請奉行、町奉行、御蔵入郡奉行、大目付といった役職を数十年務め上げたが、毎日、誰よりも早く出勤し、帳簿を広げた。その精勤ぶりに誰もが脱帽した。兵衛は八十を過ぎても矍鑠《かくしゃく》としており、杖をついては城下を歩き回り、昨今の動きを聞き回る日々を過ごしていた。

健次郎の母艶《えん》は西郷十郎右衛門の娘だった。重固との間には十二人の子供をもうけた。そのうち五人が夭折したが、健次郎を入れて七人を育て上げた。夫重固を亡くしてからすぐに剃髪し勝沼院と号した。趣味は歌を詠むことで歌号を唐衣といった。分け隔てのない優しい人で、兄弟姉妹はいつもこの母のそばに固まっていた。その母も昨今は懐剣を帯びていた。

時は慶應四（一八六八）年、長姉双葉二十五歳、長兄大蔵二十三歳、次姉美和二十歳、三姉操十七歳、そして健次郎十五歳、妹二人は常盤十一歳、咲子（後の捨松）九歳だった。

双葉は家老梶原平馬に嫁いだが不仲となり男子を連れて戻っていた。大蔵は風貌といい度胸といい、他に並ぶべき者なき堂々たる若武者で、若年寄に抜擢されるなど、山川家の誇りだった。

藩主容保の苦悩

そんな家族に、いや会津全体に未曾有の危機が迫っていた。

文久二（一八六二）年、松平容保は京都守護職を命じられる。これは、京都で騒乱を起こす脱藩浪士たちを取り締まるための「武力集団」だった。容保は「顧みるに容保は才うすく、この空前の大任に当たる自信はない」として固辞。国家老西郷頼母も「薪を背負いて、火の中に飛び込むがごとし」と主君をいさめたが、幕命にそむくわけにはいかなかった。

ところが慶應二（一八六六）年、当初幕府側だった薩摩が長州と同盟を結び「倒幕」に転じる。翌三年には、追い詰められた将軍徳川慶喜《よしのぶ》は起死回生を図り、大政を朝廷に奉還した。しかし同日、討幕の密勅が出され、そこには「会津宰相に速やかに誅戮を加えよ」ということもあり、会津藩は朝敵にされてしまった。結局、慶應四（一八六八）年一月、鳥羽伏見の戦いが始まり、旧幕府軍と会津・桑名藩は無惨にも敗れる事態になった。

「会津藩は早々に引き揚げるべきだった」という声はあったものの、それ以前、容保は何度も京都守護職の辞任を申し出ていたが、慶喜はその都度「引き揚げ相成らず」と引き止めた。将軍が認めない以上、容保としてはどうにもならなかったのである。

朝敵にされてしまった容保は仙台、米沢、庄内各藩を通じて降伏嘆願書を提出したが、退けられ、征討軍は会津若松に向けて進軍を続けた。

朝敵という濡れ衣

健次郎の兄大蔵は大砲隊員だった。慶應二年に幕府の外交使節小出大和守秀実の随員として欧州、ロシアに派遣され、西洋文明を学んで帰国したばかりだった。外国での見聞を幕政や会津藩政に活かそうとしていた矢先に鳥羽伏見の戦いが起きたのである。

この事態は誰にも予測できなかった。留守を預かる祖父と健次郎に大きな責任が負わされたのである。鳥羽伏見の戦いに敗れた会津の侍たちが悲痛な顔で引き揚げてきた。兄大蔵も大砲隊の残兵を率いて戦った。そして主君容保が慶喜とともに江戸に戻ったことを知るや、戦傷者を戸板に乗せて大坂の天保山に運び、千石船を見つけて和歌山に逃れ、そこからまた船を探して江戸にたどり着いたのである。

大蔵は途中で病に冒されたが、なんとか会津に戻ってきた。しかし、母を心配させないためか、兄は自らの苦労については多くを語らず、家に落ち着くことなく、すぐに日光口の戦場に向かった。大蔵の妻登勢《とせ》はまだ十九歳の若さだった。兄嫁が寂しさのあまり涙ぐんでいる姿を健次郎は何度も目撃している。

会津若松の城下では毎日のように戦死者の葬儀が行われた。京都で亡くなった者は遺体はそこに置かれたままで、家族は形見の遺品を胸に抱いて寺に向かった。重傷を負った者の中には大坂に置き去りにされた者も少なからずいた。江戸までたどり着いても、そこで力尽きた人もいた。

祖父は毎日のように葬式に出かけた。

傷心のまま帰国した主君容保は二月、藩士らにこう布告していた。

「この度、容易ならざることに相成ったのは、畢竟《ひっきょう》、自分の不行き届きのためで面目ない次第である。皆もさぞや残念であろう。ついてはすぐさま江戸表に出兵、名誉回復をはかりたいと考えたが、上様のご都合もあり、ひとまず帰国した。今般、会津討伐の命令が諸藩に下ったということである。いまにも軍勢が会津に進軍して来るやも知れず、この上は兵備を第一とし、何事も疑義を挟まず、力を尽くして国辱を雪《そそ》いでくれるよう頼みいる」

藩士、領民はこの藩主も言葉に感涙した。

そもそも朝敵の烙印《らくいん》は薩長が会津に押しつけた濡れ衣である。

「帝（孝明天皇）は会津にもっとも信頼を寄せておられたのじゃ。それがなんで朝敵なのじゃ。薩長の官賊め、目にもの見せてくれん」

藩内にはこうした空気が広がり、老人から婦人まで槍や鉄砲を持ち出して戦争の準備に明け暮れた。

会津朝敵は薩長の陰謀

こうした時期、会津藩は二つの流れに分かれていた。

国家老西郷頼母は非戦を主張し、将軍慶喜にならって朝廷に嘆願し、戦争を避けるべきだとしたが、一見正論のように思えて実はそう生易しいものではなかった。というのは西郷隆盛《たかもり》や大久保利通《としみち》、木戸孝允《たかよし》ら薩長新政府首脳は「慶喜恭順」で、振り上げた拳のやり場に困り果てており、会津を討伐する方針を確固としたものにしていたからだ。

会津恭順の条件は、主君容保の死罪、城の明け渡し、領地の没収という高いハードルを設定しており、これは会津が飲めるはずもない過酷な要求だった。つまり何がなんでも会津を戦争に追い込むというものだった。

このことが明らかになると、藩論は一気に抗戦に傾いた。温厚な祖父兵衛も日に日に表情が硬くなった。会津藩の怒りはもっともだった。

会津藩兵が京都に上った頃、勤皇の志士と称する長州や薩摩出身者の行動は支離滅裂だった。尊王攘夷を旗印に京都の町で傍若無人にふるまっていた。そして開国を主張した幕府や会津を「腰抜け」とこきおろし、誹謗中傷した。

ところが、下関や鹿児島湾で外国軍艦と戦い、その威力を知るや態度を豹変させ、こんどは開国に転じた。

そうであるなら挙国一致で臨むかと思いきや、こんどは天皇を担ぎ上げて幕府を倒し、自らの都合のいい体制をつくったのである。

担ぎ上げられた天皇（明治天皇）はまだ少年だった。明治維新からさかのぼること四年の一八六四年七月の禁門の変（蛤御門《はまぐりごもん》の変）のとき、長州が放った大砲に驚き、失神したというぐらいである。女官にかしずかれて育った天皇は心身ともに軟弱だった。したがって天皇の意志イコール薩長の意志だった。

ところで「蛤御門」は京都御苑の外郭九門のひとつで、形状は高麗門型の筋鉄門。御所の火災のとき、滅多に開くこともなかった門が、このときは開いたため、火に熱せられて開いたというのを蛤になぞらえてこう呼ぶようになったのである。

さて、会津藩にしてみると、天皇すなわち御所を守ってきたのは自分たちではないか。それを「朝敵」とはあまりに理不尽ではないか。義憤と怒声は会津藩内に渦巻いていた。

「国が滅びるかもしれない。しかし、受けて立つしかない」

祖父兵衛は悲壮だった。

総力戦、健次郎は白虎隊に

このような状況のゆえ、健次郎は勉強どころではなかった。この頃、健次郎は日新館に詰めていた。萩の明倫館と並ぶ天下の名門である。鶴ヶ城に隣接する校舎には千数百人余の青少年が学んでいた。

しかし、関東における旧幕府軍と薩長軍の戦闘によって傷ついた者たちが遠く会津若松まで運ばれてきて、日新館は野戦病院となっていた。

健次郎ら少年たちの心は勉強ではなく、迫り来る会津での戦いを意識し、命を投げ出して戦うという心構えだった。

戦闘に備えての軍制改革も始まった。洋式に改められ、年齢別に兵が編成された。すなわち十八歳から三十五歳までを朱雀《すざく》隊、三十六歳から四十九歳までを青龍《せいりゅう》隊、五十歳以上を玄武隊、そして十五歳から十七歳までを白虎《びゃっこ》隊とし、これに砲兵隊、遊撃隊などが組織され約三千で正規軍を編成した。さらに農兵二千七百、他国からの兵も加えて兵団は約七千となった。

健次郎は白虎隊に入った。

会津城下は喧騒《けんそう》につつまれていた。会津藩に同情した旧幕府軍、新選組、桑名雷神隊、水戸脱走兵らが入り込んでいた。

鶴ヶ城三の丸では、畠山五郎七郎（旧幕府陸軍歩兵差図役）、布施七郎（砲兵差図役）、梅津金弥（騎兵差図役）ら教育主任らの指導のもと、歩兵訓練が行われた。

健次郎も同級の柴茂四郎ら十五歳の少年たちも訓練に加わった。しかし十五歳のかれらにとって担ぐ鉄砲は重く、音をあげた。この状況を見、白虎隊はほどなく十六歳からとされた。健次郎ら十五歳組は除隊させられた。

祖父兵衛はそんな健次郎に対して慨嘆。姉たちも白い目で健次郎を見た。しかし母は何も言わなかった。

戦時下でのフランス語の勉強も・・・・

「いずれ戦争は終わる。そうすれば学問が大事になる」

祖父の言葉に従って、しぶしぶながら、健次郎はフランス語の勉強を始めた。しかし、会津にはそのような教師はいなかった。祖父は旧幕府歩兵頭沼間慎次郎（守一）を延命寺に訪ねるよう進言した。しかし、沼間はおらず、代わりに部下の館林がいて、健次郎は毛筆でフランス語の単語を書かされた。もう一人、林という人からもフランス語を習った。

林は実兄大蔵と一緒に洋行していた。縁というしかない。

だが二、三日すると、会津の苦戦が伝えられ、健次郎は城に駆けつけて、前線に送る武器や食糧の仕分け作業に当たった。健次郎は会津の勝利を信じていた。

白河口の戦いで惨敗

この頃、藩の政務を担当していたのは義兄の梶原平馬だった。歳の頃二十五六、色白で肉づきのいい大柄な人で、藩の期待を一身に集めていた。

梶原は横浜からスネル兄弟を連れてきて、弟を新潟に住まわせて兵器の輸入に当たらせていた。兄は顎髭《あごひげ》を伸ばした大男で、城下に屋敷を構え、日本人妻と暮らしていた。

健次郎が会津の勝利を信じたのには理由があった。奥羽越列藩同盟の結成だった。すなわち、会津を攻めようとした仙台藩や米沢藩が会津藩と同盟を結び、破竹の勢いの時期があったからだ。

梶原は仙台領白石の在、七ヶ宿で仙台、米沢両藩との会談に臨み、薩長軍が会津に攻撃を加えたときは、東北が一丸となって会津を支援し、薩長との戦闘に踏み切る確約を取り付けた。

しかし、これは淡い夢に終わる。

慶應四（一八六八）年五月一日、西郷頼母率いる会津の一千と仙台からの応援部隊一千を合わせた総勢二千の軍勢は、白河口で薩長軍に惨敗するのである。

野戦病院と化した日新館には傷兵が続々と運び込まれてきた。山川家の遠い親戚で、西郷頼母のもとで副総督をつとめた横山常守《よこやまつねもり》は戦死していた。横山と健次郎の実兄大蔵とはともに若年寄として藩を担う身であった。

「西郷どのがなにゆえ総督に選ばれたのですか」

健次郎の姉双葉が不満をもらした。理由があった。西郷頼母は主君容保とそりが合わず謹慎の身だったが、危急存亡の国難ということで起用されたわけだが、彼には実戦の経験がなかった。副総督の横山も同じで、抜刀して突進し銃弾に倒れた。

「指揮官はやたらに突っ込んではならぬ」

とフランス語教官の館林がいったが、後の祭りだった。

大鳥圭介、山川大蔵の対面

一方、実兄の大蔵はこのとき、日光街道の藤原渓谷で戦っていた。日光口には旧幕府軍の大鳥圭介《けいすけ》がい、当初、日光東照宮に立て籠っていたが、東照宮が戦火にあうのを避けて今市に移り、板垣退助《たいすけ》率いる土佐兵と戦っていた。だが、兵器弾薬に乏しく会津国境に退却し、大蔵の会津軍と共に遊撃戦を繰り広げていた。

ところで大鳥のことである。かれは播州赤穂生まれの医学徒であったが、いつの間にか、幕府陸軍の中枢部にのぼりつめ、大手前大隊、小川町大隊など約二千の兵を率いて関東を転戦していた。しかし、薩長軍の奇襲攻撃で約半分の兵を失い、残った兵を再編成して、ここ会津国境にいた。その数数百だが、会津にとってはありがたい援軍だった。

大蔵と大鳥の二人が目見《まみ》えたのは四月下旬だった。波長があったらしく、大鳥は自らの日記にこう記している。

「山川氏は会津藩の若年寄で、小出大和守に従ってオロシャに至り、西洋文化を一見してきた人物である。学問もあり、性質が怜悧で、余は一見してともに語れる人物と判断し、百事打ち合わせを行い、大いに力を得た」

大鳥が大蔵にいった。

「山川君、農兵を集めなければならない。武士だけで戦争は出来ぬ。百姓だろうが博徒だろうが、数が勝敗を決する」

日光口には土佐、彦根の二藩を中心とする千数百の兵がいた。季節外れの大雨が続き、山道は泥土と化して、鬼怒川の支流が氾濫していて、両軍は進撃できずにいた。

「大鳥さん、会津に参りましょう」

体制を立て直すべく、大蔵は大鳥を誘い、五月十五日、会津若松城に入った。城には旧幕府老中板倉勝静《かつきよ》と小笠原長行《ながみち》がいた。大鳥の姿を見ると城内は戦いに勝ったような騒ぎになった。

大蔵が帰ってきたことで祖父兵衛ははしゃいだ。それを大蔵は戒めた。すなわち仙台や米沢が越後に働きかけ、奥羽越列藩同盟を結んで会津救済に乗り出したとしても、奥羽の軍隊は戦いの経験がなく、かつ、兵器弾薬も不足していたからだ。

大蔵は新妻登勢と話をする暇もなく、あわただしく動いていた。

残された者たちの悲壮な覚悟

六月二十四日、白河に近い棚倉城が落ちた。二十八日には、薩長軍は常陸平潟港に上陸し、一隊は棚倉に向かい、もう一隊は磐城平城を目指した。二十九日、湯長谷城が落ち、旧幕府老中安藤対馬守の居城磐城平城も七月十三日に落ちた。

頼みとしていた三春藩は藩内の恭順派の動きで寝返り、その三春藩の手引きで七月二十九日、二本松城も落ちた。少年隊が国境に出て防戦したが、蹴散らされ城は猛火に包まれた。

同じ日、最も頼りにしていた越後の長岡城が落ちた。北越の麒麟児といわれた英傑河井継之助《つぎのすけ》は、積極果敢な戦いぶりで薩長軍を苦しめたが、被弾し重傷を負い、只見で没した。加えて新発田藩が裏切り、薩長の艦船を新潟港に誘導し、新潟港は占領され、会津は補給路を絶たれた。

祖父兵衛の顔から笑顔が消えた。やがて薩長軍が会津に攻めてくるのは時間の問題であった。娘たちは白鉢巻、襷がけで薙刀の稽古を始めた。

健次郎の母艶は連日、野戦病院と化している日新館に出かけ、負傷者の看病に当たった。薬も不足し、毎日多くの人が死んでいった。手や足を切断する大手術も麻酔薬がないので、怪我人を縛りつけて手術をした。断末魔の声が響き渡った。

健次郎は三の丸に通った。白虎隊が太鼓を叩きながら行進し、出兵の準備に汗を流していた。健次郎はわずか一つ違いで仲間に加われないことを悔しがった。しかし、覚悟はできていた。いざとなれば、白虎隊とともに戦場に出る。フランス語などどうでもよかった。

健次郎は自らの決心を祖父兵衛に伝えた。

「会津の男は卑怯であってはならぬぞ」

と兵衛は強くいった。

「卑怯な振る舞いをしない」ことが会津武士の鉄則だった。

健次郎の家からだけでなく、どこの家からも「えい、やー！」という黄色い声やしわがれた声が響いた。成人男子は最前線で戦っており、城下に残っているのは婦女子に子供だけだった。

砲術師範の家柄である山本八重子は連発銃を肩に射撃の訓練に余念がなく、男どもの度肝を抜いた。八重子の兄覚馬《かくま》は京都で砲術を教えていたが、眼病を患い、京都に残ったままだった。

黒髪を束ねた八重子の姿を見て、老人たちも奮い立った。が、どの顔も暗く沈みがちだった。

白虎隊にも犠牲者が

健次郎とともにフランス語を学ぶ者の中に柴茂四郎がいた。

茂四郎の長兄太一郎は越後口の参謀として転戦していた。次兄謙介は健次郎の兄大蔵の麾下で日光口で戦っていたが、偵察に出たまま行方不明になっていた。

茂四郎が声を荒げた。

「だいたいおかしいではないか。なぜ京都守護職の会津が朝敵なのか？」

もっともだった。会津が朝敵になったのは薩長の陰謀以外にありえなかった。

ところで会津には、女は敵に恥を晒してはならないという教えがあった。仮に敵兵に陵辱されるようなことがあれば、それは末代までの恥であり、その前に自決することが武士の妻女の作法とされた。自決の方法も決まっていた。

両足を紐で結んで着物の裾が乱れないようにし、喉を懐剣で刺すのである。が、健次郎は茂四郎にいった。

「柴君、母御の自決は止めるべきだ。我が家は兄のいいつけによって家族全員、最後の最後まで戦うことに決めている。死ぬのは、それからでもいいのではないか」

茂四郎は、

「うん」

とうなずいたが、

「我が家は違う」

と首を振り、青ざめた顔でうずくまった。

七月二十九日、カンカン照りの暑い日。越後国境に薩長軍が迫ったという早馬が城内に駆け込んできた。主君容保が急ぎ督戦することになり、白虎士中一番隊が主君を護衛して越後国境の野沢に向かった。

健次郎はラッパを吹いて進軍する白虎隊をどこまでも追い駆けた。少年たちの「會」の肩章がまぶしかった。

数日後、白虎寄合一番隊が越後口の津川方面に投入された。その隊から戦死者が出たことが伝えられると、城下にまたも悲しみが広がった。

第一章　悲　劇　〜城下の戦い〜

白虎士中二番隊出陣

八月二十二日早朝、鶴ヶ城に早馬が駆け込んだ。母成峠《ぼなりとうげ》が破られたという知らせだった。この知らせを聞き祖父兵衛《ひょうえ》が息を切らせて城から戻ってきた。健次郎は一目散に日新館に走った。人は皆、殺気立っていた。

会津の慌てぶりには理由があった。それは会津は手強いので、薩長軍はまず仙台を攻めて、会津を孤立させる作戦をとるという情報が流れており、まだ時間があると思い込んでいた。しかし、その甘い見通しは外れた。

二十一日、二千五百もの薩長軍が母成峠に攻め入り、昼過ぎには猪苗代まで侵攻していた。国境が破られてからすでに丸一日が経過していた。薩長軍は目の前にきていた。

十五歳の少年たちで編成されていた幼少組に所属していた健次郎も、刀を背負い城に向かった。三の丸に行くと、容保を囲んで白虎士中二番隊の少年たちが並んでいた。容保を護衛して滝沢峠に出陣するというのだ。しかし健次郎たち幼少組には声がかからなかった。

健次郎は伝令役を買って出て、主君容保と二番隊を追って滝沢口までついて行った。容保の傍《かたわ》らには、実弟である桑名藩主松平定敬《さだあき》が付き添っていた。定敬は兄のことを心配して会津まで来ていたのだ。

雨は土砂降りになっていた。一番隊は急遽出陣することになり、滝沢峠を越えて戦場に向かった。健次郎らは「待機」ということで家に戻された。わずか一歳の違いでこの扱い、健次郎は悔しがった。

薩長軍が城下に攻め込んできた時の対応は各家の判断にまかされていた。健次郎の家は「籠城」と決めていた。「自決」と決めている家、近郊の村に落ち延びることにしている家もあった。

ただ、あとで考えると、これは藩として統一しておくべきことだった。対応がバラバラだったうえに、予期せぬ速さで薩長軍が城下に攻め込んできたために大混乱したのだった。逃げ遅れて自刃する家族が続出した。

健次郎の家が籠城と決めていたのは、容保の世話や主君の義姉照姫の警護のためだった。たやすく落ちる城ではない。そして籠城戦になれば炊き出しや怪我人の看護と婦女子の仕事も多岐に渡ることになる。長兄の大蔵はそう考えて母艶《えん》に籠城を伝えていたのだ。

というのが大蔵は鳥羽伏見の惨状を見ていたからだ。そこでは怪我人は放置され、炊き出しも不十分だった。男だけでは戦争はできない。大蔵は婦女子の重要性を認識していたのだった。

籠城戦の戦略なし、敗走、敗走、敗走

それにしても会津藩首脳にとって事態の進展は予想を越える速さだった。国境が突破された

とき、藩首脳は狼狽した。そのため対策が後手後手にまわった。母成峠は二本松の西約十七キロ、猪苗代の東十二キロに位置し、安達太良山《あだたらやま》の裾野に広がる険しい山道であり、難攻不落の峠と見ていた。

しかしここを守っていたのは日光口からまわった大鳥圭介《けいすけ》率いる旧幕府軍約八百であり、攻め込まれたときは、運悪く大鳥が援軍要請のために猪苗代に下っていた。

会津軍はここに砲台を築いていたが、薩長軍は近隣の人々に道案内を頼み、間道をついて砲台の背後にまわり奇襲攻撃に及んだのであった。

戦闘が始まったという報せを聞いた大鳥は、急ぎ母成峠に戻り食い止めようとしたが、「敵群がり、弾丸雨よりも甚だし」という状況で、応戦むなしく国境は破られて、裏磐梯の方向に敗走することを余儀なくされたのだった。しかもかれらは山の中で一夜を過ごし、会津若松に戻ろうとしたが方向がわからない。食料もなく兵は杖をついてさまよったのである。

母成峠が破られたことを知り、中山峠や勢至堂峠の会津軍も大砲を捨てて土砂降りの中を引き揚げていった。

こういう事態を想定していなかったのか、会津軍は籠城戦に備えての戦略を欠いていた。すなわち敵の背後にまわり、挟み撃ちにするとか、会津若松への道に塹壕を築いたり、封鎖したりする戦術をとる部隊もなかった。

おそらく「まさか！」というショックのあまり、すべての人が動転し、城を目指して敗走したのである。

城下に響く大砲、土砂降りのなか、健次郎は二の丸に待機していた。祖父兵衛は戦況把握のため城を駆け回っていた。

操と八重子の覚悟

けたたましい半鐘の音が城下に響き渡った。商人町が燃えている。会津軍が守りやすくするために町屋に火をつけたと言う人もいた。降りしきる雨の中、人々が叫び声を上げながら郊外を指して逃げていく。山のような荷物を背負って、子供、老人を背負って、人々は逃げ回っている。健次郎一家は城を日指した。

城門付近は混乱をきわめていた。兵の大半は国境に出ており、城を守るのは老人と少年だった。兵が戻ってくるまでは老人女子供で城を守るしかなかった。顔はひきつり、蒼白《そうはく》な顔面に雨が打ちつけていた。白無垢《しろむく》に生々しい血潮がしたたり落ちている婦人もいた。たぶん、足手まといになる老人や幼児を手にかけてきたに違いなかった。

健次郎一家は真っ直ぐ本丸に向かった。大書院に入ると大勢の女中たちがいた。健次郎は母に命令され、伝令として主君や重臣が詰める鉄《くろがね》門と出丸の間を走り回った。

婦人たちは皆懐剣《かいけん》を胸元に差していた。中には大刀を腰に差している者もいた。いざというときは、敵と一戦まじえ城を枕に討ち死にする覚悟だった。

姉操は髪をバッサリ切り、鎧をまとっていた。健次郎は、

「男でしょ、戦いなさい！」

と操から怒鳴られ、鉄砲を持ち大手門に走った。

山本八重子は男装し、両刀を腰に差し、スペンサー騎兵銃を抱えて城に入り、敵兵に銃弾を浴びせた。八重子の実弟三郎が鳥羽伏見で戦死しており、その敵《かたき》を討たんと亡弟の衣装を身につけての入城だった。

地獄と化した城下

城内の指揮系統は統一を欠き、老人たちは恐怖と興奮で狼狽し、言うことも支離滅裂だった。健次郎は燃える町を見ていた。野戦病院化している日新館も真っ赤な炎に包まれていた。動けない怪我人は逃げることもできなかった。

薩長軍は追手門まで迫っており、まさに城に攻め入らんとしていた。

この日だけでも、城下は約一千戸の家が焼け、焼死者は数百人にのぼり、殉難した藩士家族は二百三十余人を数えた。

薩長軍が城に入るのを恐れて城門は殺到した人たちをすべて入れることなく閉めた。そのためにあふれた人たちは、弾丸が飛び交う中、家に戻ったり、菩提寺に駆け込んだり、

「もはやこれまで」

と自刃する人も数多くいた。郊外に逃れようとした人たちは大川の渡船場に殺到した。沿岸の農民が舟を出したが、増水した川で転覆する舟もあり、川に流された婦女子もいた。

健次郎よりも年下の少年たちは河畔で警戒に当たり、逃げ惑う人々の整理に当たった。

健次郎と共にフランス語を学んでいた柴茂四郎《もしろう》の一家は、足手まといになるとして、祖母、母、兄嫁、姉、妹の五人は叔父柴清介が介錯し、家に火を放った。

家老西郷頼母《たのも》の家では、白装束に身を固めた母律子、妻千重子ら婦女子全員が喉を突き果てた。家老内藤介右衛門の家では、両親、妻、長男、長女、それに親戚も加わり、菩提寺の泰雲寺で全員自刃した。

内藤介右衛門《すけえもん》の弟は家老梶原平馬《へいま》だった。その重臣の両親ですら城に入ることができなかったのである。いかに混乱していたかがわかろうというものである。

重臣北原采女《うねめ》の母も自刃。朱雀二番寄合組中隊頭西郷刑部の家族五人も家に火を放ち自刃、幼少寄合組中隊頭井上丘隅《おかずみ》の妻子二人も、やはり自刃した。

青龍一番寄合組中隊頭木村兵庫は父母、妻子を刺して城に入った。

越後で戦死した砲兵隊組頭中沢志津馬の父十郎も妻、嫁、孫を刺殺した後、城に入った。

青龍三番士小隊頭西郷寧太郎の妻、母、姉も自刃。砲兵一番隊小隊頭竹本登の母、妻は竹本の入城を見届けた後、家に火を放って自刃。

重臣北原采女の家中、荒川類右衛門は、主人のあとを追って城に入ろうと槍を持って飛び出した。薩長軍がウヨウヨしているなか、勝手知った家屋敷をくぐり抜けて走った。途中家老西郷頼母の屋敷では一家の自刃を目撃していた。

会津城下は地獄と化していた。

悲劇の白虎隊

薩長軍が鶴ヶ城に迫ってきた初日、会津藩はわずかの弱兵で守り抜いた。これはとりもなおさず、東北屈指の要塞といわれているとおりであった。石垣まで迫ったが老人と婦女子のみでこれを撃退した。

夜に入り食事の支度を始めた女たちが青ざめた。米の備蓄の少なさであった。玄米が二の丸の倉庫に数百俵あるのみで、半月ももたない有様だった。会津藩はすべての面で後手後手にまわっていた。

兵力が足りず夜の警備に支障をきたした。そのため、健次郎ら幼少組は白虎隊に編入された。

城下の町は完全に焼け、死人がいたるところに横たわっていた。

滝沢峠に向かった白虎隊は大野ヶ原に陣を敷いた。そこにはすでに敢死隊が露営していて、夕餉《ゆうげ》の準備をしていたが、白虎隊の糧食はなかった。かろうじて握り飯を一個ずつもらって雨の中、南側の松林の小高い丘で野営することになった。

雨具もなく震えながらうずくまった。単身糧食調達のため暗闇に消えた隊長日向内記《ひなたないき》がその場所に戻ることはなかった。

翌朝、薩長軍と遭遇した少年たちはたちまち蹴散らされ、滝沢峠に退却した。そして、猪苗代湖の水を会津若松に流す洞門をくぐり、会津城を見下ろす飯盛山にたどり着いた。その数二十人。黒煙をあげて燃えている城下町を見た。城が火炎に包まれているように見えた。

ずぶ濡れの少年たちは絶望のあまり飯盛山の斜面にヘタヘタと座り込んだ。空腹と疲労で意識も朦朧としていた。大砲が地響きを立てて撃ち込まれた。そこには会津軍の姿はどこにもなかった。

会津軍は負けたとかれらは思い込んだ。そして、怪我をしていた永瀬雄次《ゆうじ》がいった。

「もはや会津は負けた。かくなるうえは一同潔く自刃して、あの世で主君や父母に会おう」

その言葉に副隊長の篠田儀三郎《ぎさぶろう》が同調した。

何人かの少年は体を震わせて泣き始めた。

篠田は喝を入れた。

「泣くな、潔く死ぬんだ！」

少年は覚悟を決め、向かい合って喉を突いた。少年たちは血を吹き出して倒れた。実は落城していなかったのだ。城に戻ることは、もう少し冷静に状況を分析すれば、可能だったのだ。

二十人のうち十九人は絶命した。そして飯沼貞吉ひとりだけ、通りかかった老婆に助けられた。かれが蘇生したおかげで白虎隊の行動が明るみに出て、悲劇の実態が明らかになった。

当然のことながら、城内の人々はしばらくの間、少年たちの死を知らずにいた。いつしかそれが城内に伝えられ、容保は絶句した。健次郎も号泣した。

若い命を散らしたかれらは哀れだった。

奥羽越列藩同盟の破綻

城を守る兵は決定的に不足していた。八月二十二日、日光口の山川大蔵のもとに「速やかに帰城すべし」という急報がもたらされた。二十四日、会津若松に近い大内宿まで戻ったものの、薩長軍に包囲されている城に簡単に入ることなどできなかった。

どうやって城に入ればいいのか。大蔵はひとつの奇策を思いつく。それは正面から堂々と入城する手である。大蔵は近くの村から彼岸獅子《ひがんじし》の楽隊を動員し、その囃子《はやし》を演奏し、薩長軍の目をくらませ、そのスキに城に入ろうというものである。

朝の静寂を破って彼岸獅子の懐かしい音色が会津若松の街に響いた。両方の兵士ともその囃子に聞きほれた。城門に軍勢が近づくと一斉に城門が開いた。兵は脱兎のごとく城門をくぐり抜け、城門は再び閉じられた。

入場した大蔵は家老に抜擢され、軍事総督の大任を拝命した。重臣たちは意気消沈しており、若者に託すしか方法がなかったのだ。

それから一月《ひとつき》、会津藩は戦い、もちこたえた。

奥羽越列藩同盟の盟約によると、城下に攻め込まれたときは隣藩はただちに救援部隊を出すことになっていた。容保は米沢藩に救援を依頼した。しかし、米沢藩は侃侃諤諤《かんかんがくがく》の議論の後、恭順することに決し、兵を引き揚げた。のみならず三日後、こんどは会津に攻撃部隊を送ったのである。つまり、これ以上会津にかかわっていては自藩の存立が危うくなるという政治決断だった。盟約は反故《ほご》にされたのである。

米沢藩の「裏切り」に呆然とした会津は、翻意を促すため使者を出したが、国境で入国すら断られ、使者は米沢兵の眼前で自刃して果てた。

孤立無援の会津に美濃から援軍

会津は孤立無援となった。全員討ち死に覚悟の籠城戦に入った。城内の白虎隊にも出撃命令が下った。しかし、鉄砲は大人の分しかなかった。

健次郎も薙刀《なぎなた》を手に城外にまで出て奮戦したが、命からがら逃げ帰るのがやっとだった。兄大蔵は、

「なぜ死ぬつもりで戦わないのだ」

と健次郎を激しく叱責した。自分の不甲斐なさを悔やみながらも、その日から死を覚悟して西出丸の塹壕に潜って寝泊まりした。

八月二十九日、総督佐川官兵衛《かんべえ》が精鋭を率いて城外に打って出たが、死傷者数十人を出して敗退、大書院と小書院は足の踏み場がないほど怪我人であふれることになった。

越後の長岡城が落ち、会津を頼ってようやく城下にたどりついた長岡兵は、城内に入ることもなく薩長兵に囲まれて命を落とした。

九月五日、朝比奈茂吉を隊長とする美濃の郡上藩の凌霜《りょうそう》隊の兵士が応援に来た。朝比奈はまだ十七歳の少年だった。健次郎は驚きの眼差しでかれらを見つめた。そして白虎隊と共に西出丸を守ることになった。凌霜隊は嘴《はし》、鍬《くわ》、唐鍬《とうぐわ》、鋸《のこぎり》、斧《おの》、円匙《えんぴ》などを背負ってきており、隊員たちはその道具を使って西出丸に深く塹壕を掘った。

西出丸を突破しない限り、西中門には入れない。隣の北出丸とともに、この二つの出丸が防備の要だった。

ところで郡上藩はすでに薩長を中心とする「官軍」の支配下にあった。同藩江戸家老朝比奈藤兵衛は、江戸在住者を中心に隊を編成し、十七歳の長男茂吉を隊長に据えて会津に送り込んだのである。当然、負ければ郡上藩は「賊軍」として罪が問われることになる。大胆な決断だった。が、会津に来てみれば、城は包囲され砲撃にさらされている。当初、凌霜隊は城外でゲリラ戦に加わっていたが、局面打開にいたらず、ここは城に入って戦おうという決断をしたのだった。

地獄の絵模様

大砲の弾、小銃の弾は私どもの頭の上をビュウビュウと飛んでまいります。そこらに落ちて破裂するものもございますし、屋根の瓦を飛ばす。戸障子を砕く。それはそれは恐ろしい有様でございました。その中に血は流れておりますし、負傷兵はうなっておりますし、死骸は横たわっているという有様でございますが、その当時は気が立っておりますし、自分も死ぬ覚悟でございますから、少しも恐ろしいとは思いませんでした。（山川操）

一番、心配でたまりませんでしたのは、厠に入っている時でございました。武家の婦人として一矢も報いずに犬死するようなことがあっては、主君に対しても家名に対しても誠に恥ずかしいわけですから、たとえ流れ弾に当たって死ぬまでも、戦えるだけ戦って、立派な最期を遂げたい一心でございました。（山本八重子）

私は嫁入り前で、歯が白いままでしたので、誰も女とは思わず、白虎隊のなかの一人と思われておりました。賄へ握り飯をもらいにいったとき、白虎隊が来た、可哀相だ、餅をたくさんやれともらったことがありました。

（水島菊子）

九月十四日、総攻撃の日、今日は危ないので働かなくてもよいというので、小さな部屋に家族が固まっていたところに砲弾片が飛んできて、母の後頭部に当たり、髪まじりの脳味噌がその間いっぱいに広がり、次の高木の奥様の前頭部をもぎ取り、大河原の娘の胸に当たり、母と高木さんは即死しました。大河原の娘は苦しんでおりました。目の前にこんなことを見ても格別悲しいとも思わず、どうしたら死に際を立派にしようかと、それのみを苦心しておりました。

（酒井たか）

会津の婦女子の活躍は目を見張るものがあり、相手も感嘆するばかりだった。しかし、婦人のなかには気がふれて歩きまわり、砲弾にはね飛ばされる人もいた。夫の生死がわからず不安にさいなまれての自殺的行為だった。

皆、正気の沙汰ではなくなっていた。

近隣近在の農民がこっそり城に食糧を運びいれていたものの、籠城者数千人の飢えを満たすことはできなかった。こんななかで出産した女性もいた。赤子の誕生は皆にとって嬉しいことだった。赤子を死なせてはならない。皆が母子をいたわった。

援軍はまったくなく、毎日多くの人が死んでいった。生きている者は痩せ、頬がすっかりこけていた。が、気持ちだけはしっかりしていた。

九月に入ると、食料はうるち米を蒸して粉にした道明寺粉《どうみょうじこ》しかなくなっていた。釜の湯に粉を入れてかき混ぜて糊のようにして食べるのだが、虫が入っていて、お湯のなかには虫が浮き上がっていた。誰もかまわず虫ごと飲み込んだ。

不足する食糧の次に辛いのは寒さだった。晩秋というのに満足な衣服もなかった。脱走者もいた。自殺者も増えた。

学校奉行日向《ひなた》衛士《えし》の妻は二歳になる子供を刺した後、七歳になる子供を刺そうとして周囲に取り押さえられた。

太田小兵衛の妻は火薬庫が破裂したとき、落城と思い、七歳の子供を刺して、自分も喉を突いた。婦女子も絶望のあまり死ぬことばかりを考えていた。

山川家も悲劇の例外ではなかった。大蔵の妻登勢《とせ》が犠牲になった。登勢は脛から腿にかけて一つ、脇腹に一つ、右の肩に一つ、頬にも一つの爆裂した砲弾の破片を浴びて昏倒した。顔は半分けずりとられ、その肉にべっとりと髪の毛がついた。即死だった。操が登勢を抱き抱えたが絶命していた。

大蔵は鎧櫃《よろいびつ》に妻をねんごろに納め、空井戸の中に埋葬した。母艶は天守閣の周辺に薪を集める作業をしていた。落城と決まれば薪に火を放ち天守閣を燃やす覚悟だった。

怪我人であふれた大書院、小書院は化膿した傷口から放たれる悪臭で満ちた。空井戸は死者でいっぱいになった。至る所に穴を掘り死者を埋めた。

着替えもなく皆ボロボロの衣服を身にまとい、食事もとることができず、怪我人は薬もなく死んでいった。虫けらのように爆弾で五体を吹き飛ばされた。

血の海のなかに人々はいた。

第二章　落　城 ～将来に夢を託す～

玉砕か降伏か

敗色は日に日に濃くなっていった。藩首脳の意見は割れていた。主君ともども玉砕すべしとする意見と、主君だけは生き延びてもらいたいとする意見があった。落城は避けられない。玉砕の意見が多かったが、それは大半が建前だった。

首席家老梶原平馬と山川大蔵は冷静だった。すなわち、城を落とされる前に有利に停戦交渉を進めようという考えだった。

梶原はまず主君容保を米沢に避難させる案を出したが、これは容保自身が拒んだ。容保は、鳥羽伏見の戦いで慶喜とともに「敵前逃亡」したことをずっと恥じ続けていた。

容保はすでに死を覚悟していた。ただ、そうはいうものの、女子供、老人まで道連れにしていいものか。梶原平馬と山川大蔵はそうした「玉砕」策に疑問をもっていた。二十代の二人には柔軟な思考力があった。

ここは恥をしのんで降伏して、将来に会津藩再興の夢を託すべきだと思っていた。もちろん、これには主君容保の赦免が絶対の条件だった。

二人の停戦工作は噂となって城内に広まった。死を覚悟している者たちにとっては意外な動きに思えた。健次郎は兄に一喝されて以来、最後は敵に斬り込んでいく覚悟をしていただけに、兄大蔵の動きが信じられなかった。

降伏の白旗

「降伏もやむをえない。すべては余の不徳のいたすところである。余のことは気にいたすな」

容保のこの言葉で藩論は決した。梶原平馬と山川大蔵は号泣した。

幕末における会津藩の悲劇の原因の一つには、藩内の複雑な事情があった。赤穂の大石内蔵助のような磐石な重臣がいなかったことだった。会津藩は世代交代が遅れ、長いこと老臣たちによる集団指導体制が続いていた。そのため責任の所在がはっきりしなかった。

加えて、人材は京都、江戸、会津本庁の三つに分断されて統制がとりにくかった。そのうえ筆頭家老の西郷頼母は主君とそりが合わず、蟄居させられて長く藩政を離れており、復帰してからも何かといっては藩政の批判ばかりし、人望を集めることができなかった。

白虎隊が自刃した日、藩政に対する批判と自らの非力に絶望し、二人の家老神保内蔵助と田中土佐も自らの命を絶っていた。

西郷は間もなく城を追われ、家老萱野権兵衛《ごんべえ》も城を出た。江戸家老横山主税《ちから》は白河口で戦死しており、人材は払底していた。

この意味では、どうにもならなくなった会津藩をまかされた平馬も大蔵も犠牲者であったといえる。弾薬も食糧も底をつき、会津には戦うことはもはや不可能だった。

若き二人は降伏の道を選んだ。そしてかれらを支えたのは京都時代の公用方秋月悌次郎《あきづきていじろう》だった。秋月は米沢藩や土佐藩の陣営を訪ね、決死の覚悟で停戦交渉を進めた。

主君と家臣の命の保障と引き換えに降参するという交渉を、秋月らは見事にやってのけた。もし、会津の将兵が婦女子を含めて全員、自決したとあっては、薩長に対する世間の批判は高まるであろう。そうすると、これから自分たちの思いのまま国の舵取りをしようとしている者たちにとっては大きな足枷となってしまう。

平馬と大蔵は熱り立つ将校たちの説得に当たった。そして明治元（一八六八）年九月二十二日朝、北追手門に白布を縫い合わせて作った白旗を立てた。

連日連夜撃ち込まれた砲弾はピタリと止んだ。一月ぶりに鶴ヶ城に静寂が戻った。

同日、九月二十二日、家老梶原平馬、内藤介右衛門、軍事奉行添役秋月悌次郎、大目付清水作右衛門、目付野矢良助らは降伏式が行われる甲賀町に向かった。

正午、「官軍」の軍監中村半次郎《はんじろう》（桐野利秋、後の陸軍少将）が姿を見せた。薩摩藩の伊地知正治《まさはる》、土佐藩の板垣退助《たいすけ》もいた。

人斬り半次郎と言われた中村半次郎であったが、多くの部下を鳥羽伏見の戦いで失っており、戦争のなんたるかを知っていた。

戦争には常に敗者と勝者がある。勝敗は時の運だ。中村の頭の片隅にこんな思いがあった。捕らえていた会津の少年兵はただちに解放された。「情の人・半次郎」の面目躍如である。

真の武人であれば、会津藩兵の勇猛果敢な戦いぶりに心を動かされぬはずがなかった。

容保が降伏謝罪の書を軍曹山県小太郎（豊後岡藩士）に手渡し、山県がこれを中村半次郎に差し出し、中村がこれを受け取り、引き続き会津藩重臣連名による主君親子に寛大な御沙汰を求める嘆願書を提出し、降伏の式は終わった。

悲劇の郡上藩兵

会津藩支援を試みた朝比奈茂吉《もきち》らの郡上藩凌霜隊を待っていたのは過酷な運命だった。かれら三十五名は東京に戻り品川から船に乗るが、難破し贅浦に上陸。郡上八幡にたどり着くが、そこからは罪人扱いだった。

駕籠には十文字に荒縄がかけられ、全員赤谷の揚屋に入れられて禁固刑を言い渡された。そこは湿地に位置し風通しも悪く病気になる者も出た。しばしば場所の変更を求めるが受け入れられず、翌年五月になり慈恩禅寺の住職らの嘆願もあり、ようやく城下の長敬寺に移された。

当初、藩では処刑するつもりだったが、新政府の命令によって自宅謹慎となった。翌明治三年二月には謹慎も解かれ赦免されたが、周囲の態度は冷たく隊士らのほとんどは郡上八幡を離れたという。かれらもまた歴史の非情な歯車に翻弄された会津戦争の犠牲者だった。

敗者の行方

「余の不行き届きにより、皆に困苦を強いた。このようなことに立ち至り、無念のきわみである。許せ」

容保のこの言葉に皆号泣した。容保は二の丸の墓地梨子園に花を捧げ、さらに城中の空井戸をまわり、そこに積み重ねられて戦死者にも手を合わせた。城内のあちこちに控える各隊の前に立ち止まり、容保は慰めの言葉をかけて歩いた。この後、容保は滝沢村の妙国寺に入り謹慎することになっていた。

容保とその養子喜徳が乗る駕籠二挺は本丸を出て太鼓門を渡り、北追手門をくぐった。そこには薩摩藩兵二小隊が到着していた。

容保の駕籠を見るや、馬上の山県小太郎が馬を降りて容保の駕籠に目礼した。容保は駕籠をおりて山県に答礼した。山県は再び馬に乗り、二つの駕籠を先導した。

城では武装解除が行われていた。籠城者の総員は四千九百五十六人、うち婦女子は五百余名、老人は五百人を超えていた。婦女子は城を出て近郷近在の伝手を頼って移り住むことが許された。藩兵は猪苗代に分散収容されることになった。

街のあちこちに「泥棒市」が立った。混乱に乗じて略奪した武具、家具、骨董品、衣服等々、ありとあらゆるものが売られていて、買い取った商人が馬の背に積んで郡山のほうに向かっていた。健次郎はそれを見て泣いた。

会津兵を監視していたのは米沢藩兵だった。百姓一揆があちこちで起こり、庄屋に火が放たれた。健次郎ら少年たちの宿舎は猪苗代の中心部にある安穏寺だった。磐梯山から冷たい烈風が吹き下ろした。健次郎ら少年たちは、あまりの寒さに抱き合って寝た。

生きることは死ぬこと以上に厳しい

会津藩士土井草駒之助の娘、幾乃は十九歳のときに高嶺金右衛門に嫁いだ。しかし、夫は京都で病死し、家族は夫の両親と子供三人で、薩長軍が攻めてきたときは両親と下の子供二人が家にいた。長男英夫は小姓として城内にいた。

幾乃は城に入ろうとしたが入れず、城外を逃げ惑った。ようやく坂下の代官所まで辿り着き、夜食をもらって飢えをしのぎ、板敷の上で仮眠した。落城したと思い込み自害するしかないと、家の墓の前で自害しようとしたが、近所の人から落城していないということを聞き思いとどまった。

長男英夫のことが心配になり、城下に向かった。四ノ丁の自宅に戻ろうとしたが行けなかった。それから東山のほうに足をのばし、帰りに千石町を通った。途中、泥棒市を見た。涙橋まで来ると、たくさんの死体が横たわっていた。

幾乃は先行きに不安を感じたが、家族に対する救援策が出されたのは意外に早かった。

「天朝から御扶持がある」

という。幾乃が喜多方の役場に行くと、高嶺の家は河沼郡堂島村の農家が割り当てられ、また長男の無事もわかり、なんとか雨露をしのげるようになった。だが、所詮仮住まい。問題は藩がこれからどうなるかだった。

生きることは死ぬこと以上に厳しかった。

第三章　光　明　〜仇敵・長州の良心〜

土佐藩士を感動させた健次郎らの行動

「健次郎、お前、官軍のところに参れ」

兄大蔵からこう言われ、健次郎は戸惑った。健次郎のほかに柴茂四郎、赤羽四郎、高木盛之輔、原鋧三郎《けんざぶろう》の四人が呼ばれた。参謀の水島純が五人に向かってこう言った。

「君ら五人は若松の陣営に行って、主君の助命を嘆願せよ。君らをどう扱うかによって藩に対する処分も決まる。いいか、君らの一存で参ったことにせよ」

謹慎所を脱走しろというのである。下手をすれば殺される。少年らは九月末の風雨の激しい夜、謹慎所を抜け出し、五里の道を走り、「官軍」本営にたどり着いた。

「何者だ！」

たちまち衛兵に捕まえられた。

「私たちは会津白虎隊の者、お殿様の身を案ずるあまり、私たちの一存で、お殿様の安否をたずねに参りました。参謀様に御目通り願いたいのです」

健次郎は震える声で言った。少年たちは首根っこをつかまれて本営の引き立てられた。

「拙者は土佐の伴《ばん》である」

少年たちの前に現れたのは、参謀板垣退助の部下伴中吉だった。

相手をしたのが伴だったのは健次郎らにとって幸いだった。かれは江戸の昌平黌《しょうへいこう》に学んだ。

「君たちが白虎隊か。腹は減っていないか」

こう言って伴は菓子や茶を出してくれた。

「お殿様は無事でしょうか」

健次郎がたずねた。

「心配いらん。ところで水島君は元気か」

と伴が尋ね返した。伴と水島は昌平黌で共に学んだ仲だった。この一言で健次郎らの緊張がとけた。

「禁を犯して脱出したのはけしからん」

と熱《いき》りたつ者もいたが、

「健気にも主君の安否を気づかってやってきたのはたいしたもんだ」

と好意的な者もいた。土佐は元々公武合体論なので会津藩に近かった。

五人の少年の決死の行動に胸を打たれた者も多かった。出された昼食に少年たちは手をつけなかった。ひもじい思いをしている藩兵や家族のことを考えると、自分たちだけが食事をとることなどできるはずもなかった。

その態度が土佐藩兵をさらに感動させた。健次郎らは主君の明確な安否は聞くことができなかったが、かれらが受けた待遇を通じて、土佐藩の意向を知ることができたことは確かだった。

土佐藩兵に護衛されて再び猪苗代に帰される途中、主君が謹慎している妙国寺の前で、かれらは直立して頭を下げた。この行為は土佐藩主山内容堂《やまのうちようどう》の知るところとなり、容堂は感動したという。

無事帰ってきた健次郎らを迎えた兄大蔵は健次郎らに強い口調でいった。

「健次郎、よくやった！　いいか、この屈辱を晴らすのはお前たちだぞ。忘れるな」

遠い存在で畏怖《いふ》していた兄に褒められたのだ。兄の求めに応えることができたのだ。

健次郎に初めて「自信」というものが芽生えていた。

一通の手紙

越後攻めの長州干城隊参謀、奥平謙輔《けんすけ》から突然、秋月悌次郎《ていじろう》（会津藩士公用方）のもとに手紙が来た。青天の霹靂《へきれき》というべき大事件だった。

秋月は藩黌日新館で抜群の成績をおさめ、十九歳のとき江戸に上り、幕府の学問所である昌平黌に入り、寮の舎長にも選ばれた。江戸の昌平黌には全国から俊英が集まっていたので、当然のことながら同門の士が全国に散らばっていた。その人脈を頼って全国行脚を行ったこともあった。

長州の萩にも行き、そこで青年時代の奥平を知った。ともに詩人であり、奥平は秋月の詩に引かれた。奥平は戦争が始まると、秋月はどうしているかといつも思った。奥平は新潟を占領して、会津攻めに加わるべく若松の西三里の坂下まで来たとき、会津藩はすでに降伏していた。奥平は旧知の秋月の消息を聞き出すと、猪苗代に謹慎していることを知った。どうしても秋月に手紙を届けたくなった。一晩かかって手紙をしたためた。

「誰か秋月先生に手紙を届けてくれる者はおらぬか」

と宿泊先の庄屋に尋ねると、近所に若松の真龍寺の住職河井善順《ぜんじゅん》が避難していて、住職に頼めば必ずや手紙を届けてくれると答えた。

「よし、すぐに連れてまいれ」

奥平の命令で善順が呼ばれた。話を聞いて善順は仰天した。善順は秋月と懇意にしていた。長州の参謀が会津の秋月に慰めの手紙を送ろうというのだ。打ちひしがれている会津藩重臣に一筋の光明が差すことになる。これは凄い話だと善順は胸を弾ませた。

「ぜひ拙僧にお任せ下さい。秋月どのがどんなに喜ばれるか」

善順は感激して畳にすりつけんばかりに頭を下げた。手紙を託された善順は猪苗代に急いだ。誰にも怪しまれずに猪苗代にたどり着いた善順は、すぐに秋月の宿を探し当てた。

「秋月先生、大変なことになりましたぞ」

といって駆け込んで来た善順を秋月は、狐につままれたような顔で見つめた。

「なにごとが起こったというのですか！」

「それが先生ッ！」

善順が息せき切って事の成り行きを語った。見る見る秋月の顔が変わった。

「奥平どのがなぁ」

秋月は手を震わせながら、はやる気持ちを抑えて手紙を開いた。読むうちに秋月の頬を大粒の涙が流れた。手紙は、

「不相見八九年。何日月不待我也」

という書き出しで始まる長文だった。以下要約する。

「八、九年も会わずにいるが、月日がたつのは早いものだ。運命は無情なもので、朝に夕べは計られず、私も好まなかった武人になった。この六月をもって参謀となり、柏崎から海路新発田を襲い、新潟を取った。その勢いで米沢に臨むと米沢は角が崩れるように降伏した。思えば会津が存在しなければ、徳川の鬼は祭られることもなかったであろう。天下に盤石たる石が失われて久しい。貴国はその石となって天下に鳴り響いた。今後は徳川氏に報いた心をもって朝廷に仕えてはくれぬか」

読んだ秋月は「くくく」と忍び声で泣いた。ともに手を携えて新しい日本を作ろうではないかという呼び掛けに秋月は感泣した。

「ううう」

嗚咽がその場に広がった。

少年健次郎の目に焼きついた光景

あの憎き長州からこのような手紙が来たのだ。秋月のまわりに集まった山川大蔵ら重臣たち

も心が震えた。

「こんなことがあるのか」

涙があふれて止まらなかった。思い起こせば秋月が萩の明倫館を訪ねたとき、そこに当時十九歳の奥平謙輔がいた。長州藩は秋月を文人として遇し、詩文の会を開き、秋月に添削を頼んだ。奥平はそのとき秋月から指導を受けた一人だった。手紙にはこんなことも書かれていた。

「昔、鳥居元忠が石田三成の攻城に遭い、落城とともに討ち死にし、忠義の美名を後世に伝えた。なぜ会津藩士は城とともに命を捨てなかったのか。一人残らず華々しく戦って城を枕に倒れた方が神州の生気を鼓舞する一助になったはずだ」

胸に突き刺さる言葉だった。鳥居元忠は徳川家康の近侍で、慶長五（一六〇〇）年の関ヶ原の戦いで伏見城に籠城、討ち死にした忠臣である。

「ううむ」

と、大蔵は呻吟した。暗夜に灯とはこのことではないか。大蔵は奥平に会いたいと思った。底知れぬ器量に胸を打たれた。そして秋月にいっそうの畏敬の念を抱いた。山川健次郎はこのとき、兄のかたわらで、じっとこの光景を見つめていた。いつしか健次郎の目にも涙が浮かんでいた。

「秋月先生、ぜひ坂下に行って奥平どのに会っていただきたい」

大蔵が沈黙を破った。秋月は大きくうなずいた。

健次郎らを忍び込ませ、土佐の感触は探ったが、薩長との間には、意思の疎通はまったくない。これこそ会津と薩長を結ぶ、一本の糸ではないか。皆の顔に期待感がただよった。秋月は会津藩の心情を綿々と連ねた手紙を書いた。

「君は徳川氏に報いた節義を朝廷に献ぜよといわれた。会津人は皆、感泣した。今度のことは我に罪があり、いかなる罰も受けるが、我が君と我が藩に、朝廷に尽くす道を与えてくれるのであれば、我々は必ずや国家のために命を捧げるであろう。我々が恥を忍んで降伏したのは、すべての者が命を落としてしまっては、会津藩の忠義を後世に伝えることが出来なくなるためだ」

秋月は頭を剃って善順の寺男になりすまし、大蔵の腹心小出鉄之助も剃髪して同行することになった。小出はのちに健次郎の姉、操と結婚するが、佐賀の乱に大蔵とともに政府軍として参戦し、反徒に捕らえられて獄門にかけられる。

健次郎は秋月のすべてのしぐさを胸に刻もうと、頭を丸めた秋月を穴があくほど見つめた。秋月は健次郎ら少年にとっては遠い存在だった。年があまりにも離れすぎているし、髭を生やしていて怖そうだった。生まれは文政七（一八二四）年なので、このとき四十五。健次郎にとって秋月は老人に見えた。その老人がこの修羅場で動きまわるというのが驚きだった。大蔵はこの夜、健次郎に秋月の「人となり」を語ってくれた。

京都時代、「会津の秋月」といえば各藩に知れ渡っており、学識の豊かさと幅の広い交遊関係で公家の間でもひっぱりだこだった。それが妬《ねた》みの対象になり、蝦夷地の代官に左遷された。下級武士の出なので門閥意識の強い会津では苦労せざるをえなかったが、時代が秋月を求め、間もなく京都に戻るが、すでに手遅れであった。

そうした経歴からすると非戦論者と見られがちだが、そうでなく、この戦争では長岡の河井継之助と連携し、越後口の副軍事奉行として戦った。自分が生まれた会津を見放したりはしなかった。

奥平と前原が示した長州の良心

一行が幾多の関門をくぐり抜け坂下に着くと、奥平はすでに越後に戻っておりいなかった。されば一行は新潟に向かった。奥平謙輔は越後水原《すいばら》県権判事《ごんはんじ》として水原にいた。ここは以前、会津領だった。奥平は秋月を歓迎してくれ、新潟に来ていた同じ長州の前原一誠にも会わせてくれた。前原は松下村塾の優等生として知られた人である。その前原が、

「秋月さんのこと、かねがね噂に聞き申した」

といった。「官軍」は戊辰戦争の戦場となった越後各地に民生局を設置し、その上に越後府を置き、二人は越後の統治と民心の鎮撫に忙殺されていた。ともに三十前でまだ白面の青年の面影があった。

奥平が口を開いた。

「秋月先生、こたびはつらい戦争をされましたなあ」

「無残きわまりない戦争でした。女子供も武器をとって戦い、死んで行きました」

「ううむ、この戦争は疑問だらけでござる。長州も大人げない。恥じ入る次第です」

奥平が意外なことをいった。多分、秋月への慰めの言葉であったろうが、同じ長州でも奥平と前原はどこか違う面があるようだった。そうでなければ、手紙など書かなかったであろう。それから懐旧談に及んだが、二人は微塵も官軍風を吹かせることはなかった。秋月は奥平の澄んだ目を見つめながら、すべてを託せる人物だと判断した。秋月は主君容保の救済、藩士とその家族二万人の生計の道を涙ながらに訴えた。奥平も前原も深く会津の立場に同情した。

「大村どのにもよく話しておこう」

二人は東京の大総督府参謀大村益次郎《ますじろう》に、会津に寛典で臨むよう伝えることを約束した。のちに大村は、

「会津人はいったん順逆を誤って逆賊となったが、降伏した以上は等しく朝廷の民である。戦争のために困窮した者は救済の方法を講じなければならぬ」

といい、会津救済に協力の姿勢を示すが、それも奥平、前原二人の配慮によるものだった。

北越潜行の詩

秋月が、

「この際、もう一つ、お願いがござる」

といい、会津の少年を書生に使ってくれるよう懇願した。いまの会津藩は全員が罪人として謹慎中であり、子弟の教育もままならない。この会津藩の再建は自分たちでは無理に違いない。次の世代に託すしかない。そのためには少年に勉学の場を与えることが必要だ。秋月はそう考

えた。

「なるほど。分かりました。お預かりしましょう」

奥平がはっきりと約束した。なんという寛大な心であろうか。秋月はじっと奥平を見つめた。長州にもこういう人がいたのだ。もっと早くに再会していれば、戦争を防ぐことも出来たかも知れなかった。

「かたじけない。本当にかたじけない」

と、秋月は声をつまらせた。小出も涙をぬぐった。秋月は心を弾ませて猪苗代への道を急いだ。一刻も早くこのことを皆に伝えたかった。

これはほんの序の口であり、会津藩の前途は依然漆黒の闇に包まれていることに変わりはないが、若干の光を感じることができた。

秋月は坂下まで戻り会津盆地が見渡せる七折峠で「北越潜行の詩」を詠《よ》んだ。ここではなく西会津の束松《たばねまつ》峠の茶屋で詠んだとの説もある。道中おりおりに詩が浮かんだに違いない。

行くに輿《こし》なく　帰るに家なし
国破れて　孤城雀鴉《じゃくあ》乱る
治功を奏せず　戦略なし
微臣罪あり　また何をか嗟《なげ》かん
聞くならく　天皇もとより聖明

我が公貫日　至誠に発す
恩賜《おんし》の赦書　まさに遠きに非ざるべし
幾度か手を額にして　京城《けいじょう》を望む
これを思いこれを思うて　夕べ晨に達す
愁い胸臆《きょうおく》に満ちて　涙巾《きん》をぬら沾す
風は淅瀝《せきれき》として　雲惨澹《さんたん》たり
いずれの地に君を置き　また親を置かん

この詩は変則の七言排律だが、永岡久茂《ひさしげ》の「独木支誰傾大廈」と安部井政治《あべいまさはる》の「海潮到枕欲明天」とともに会津三絶と呼ばれている。人によって読み下しは微妙に異なるが、この詩に秋月悌次郎の真髄が表れている。主君を罪人に追いやり、親が住むべき家もない。このような状態にしてしまった責任は家臣にあり、とうてい許されるものではない。まして弁明の余地などあるはずもない。秋月はそういって自分を責めた。秋月という人が敵味方を超えて慕われた理由はここにあった。

教育こそ会津再興の第一歩

ことは急を要した。幹部は江戸に送られるという噂もあり、その前に子弟を選んで新潟に届ける必要があった。秋月は猪苗代に戻る途中、塩川村に立ち寄り、謹慎中の者に相談し、日新館の神童と噂の高い小川伝八郎を探し出し、親を説得して猪苗代に同行させた。

秋月の行動の早さにも定評があった。重臣たちに奥平との面談の成功を告げたあと、

「この小川伝八郎君と健次郎君がいいのではないか。欲をいえばもう一人欲しい」

といった。伝八郎は健次郎より二つ年上の十七歳である。秀才の誉れが高く、誰も異存はなかった。

「小川君はいいとして、健次郎を送ったのでは依怙贔屓《えこひいき》になる」

と、大蔵が断ったが、少年とはいえ会津藩を代表する以上、しかるべき家のものでなければならぬと秋月が説いた。水島も、

「健次郎はこの前も立派に職務を果たした。文句はあるまい」

と言葉をそえた。かくて二人の派遣が決まった。いま会津藩は城も領土も失い、何千人という犠牲者を出し、絶望のどん底にある。そうしたなかで、少年を敵の懐に託す離れ業を演じるのだ。これは凄いことであった。

教育こそが会津藩再興の第一歩だという大蔵や秋月の考えは見上げたものだった。むろん見つかれば厳罰である。奥平氏にも迷惑がかかる。いかにして新潟に脱走するかだった。

越後に送られた少年は三人だったという説もある。しかし途中から逃げ帰り、名前が消されたともいう。ここは二人ということで話を進める。二人は兄弟ということにし、伝八郎は神山子之吉、健次郎は弟の神山源吉を名乗り、明治元（一八六八）年十一月十三日、大雪の降りしきるなか、夜の十時頃、善順和尚に連れられて猪苗代を脱出した。

翌十四日の朝方、若松の真龍寺の檀家山形屋にたどり着き、ここに泊まった。ここには「官軍」の兵士が宿泊していて心臓が止まりそうだったが、とがめられずにすんだ。

家族との別れ

翌十五日、善順のはからいで健次郎は、家族が身を寄せている水谷地《みずやち》村の山川家の旧臣、鈴木家をこっそり訪ねた。

「健次郎ではないか」

母が絶句して健次郎を見つめた。祖父兵衛はめっきり体が弱り、姉たちに支えられてやっと歩く始末だった。

「健次郎か、健次郎か」

と、祖父は涙をぼろぼろこぼした。これから新潟に脱出することを語ると、双葉も操もたいそう喜び、

「死にもの狂いで勉強し、必ずや会津のために役立つ人間になるのです」

といった。この夜、健次郎は家族に囲まれて眠った。何か月ぶりであろうか。母や姉のぬくもりが嬉しかった。翌朝、祖父が健次郎を座らせた。

「お前は兄大蔵が後ろ指をさされぬよう、頑張らねばならん」

祖父はあえぎながらいった。口がもつれ、つらそうだった。心労で俄かに生気を失ったに違いなかった。それは無理もないことだった。祖父にとってすべてが地獄への転落だった。

「爺いも年をとった。もうお前には会えないかも知れぬ。これが形見じゃ」

祖父はそういって震える手で自分の刀を健次郎に手渡した。それはいつも祖父が腰に付けている愛刀だった。

「爺さまぁ、おおうぅっ」

不意に悲しみが健次郎を襲った。健次郎は刀を掴んで泣いた。拳で涙をぬぐっては、吠えるように泣いた。祖父にもう会えないと思うと悲しくて悲しくて涙が止まらなかった。刀は寺の小僧がゴザに包み、中身は板切れでもあるかのように工夫してくれた。

「健次郎、女々《めめ》しいことは絶対になりませんよ。それから憎き長州の世話になることで、世間はとやかくいうかも知れません。気にしてはなりませぬぞ。大蔵が考えたことです。いまの会津には、それしか手立てはないのです」

出立のとき双葉姉がいった。男まさりの姉である。双葉にいわれるといつも背筋が真っ直ぐになった。健次郎は何度も後ろを振り返った。

そして、これが祖父との本当の別れだった。祖父は翌年三月に息を引き取るが、健次郎がそれを知るのは、それからしばらくあとのことだった。

佐渡の海

健次郎はこのあと、善順が用意した城西の下新田の隠れ家に潜伏して密行の準備に当たった。

健次郎と伝八郎はどこから見ても武士の子供だった。斬髪していたので前の部分の髪が短く、検問に遭えば武士の子であることを見破られることは間違いなかった。加えて難題は健次郎の刀だった。祖父の形見とあっては、手放させるのもかわいそうだ。加えて大蔵から預かった奥平への土産の相州秋広の銘刀もあった。

善順はあれこれ考えた。善順の策は商用で越後に向かう山形屋と大坂屋の旦那に佩刀二本を運んでもらうことだった。こうして善順和尚とその小姓に扮した伝八郎と健次郎、それに二人の商人が新潟に向かった。刀は商人の荷物のなかに隠された。途中、何度も調べられ、新潟国境の野沢では厳しく詮議され、健次郎はこれまでと覚悟したが、善順和尚らが、

「越後の法要に参ります」

といいくるめて、なんとか虎口を脱することが出来た。健次郎は後年、

「積雪路を没し、加うるに処々守兵の誰何《すいか》に逢い、苦辛百端《くしんひゃくたん》名状すべからず」

と回想している。

新潟には十一月二十二日に到着した。新潟に来てみると警戒感はまったくなく、健次郎は初めて蘇生する思いがした。新潟の町は別世界だった。ここには華やいだ喧騒の世界があり、道行く人も別人のように思えた。しかし当の奥平は新潟にはいなかった。越後府権判事という肩書で佐渡に渡っていた。幸い奥平の友人である同じ越後府権判事高須梅三郎《たかすうめさぶろう》が二人を旧新潟奉行所の一室に住まわせてくれ、奥平を待つようにいってくれた。

善順は高須に、

「くれぐれもよろしく」

と頼み、会津若松に引き返して行った。健次郎らは落ち着かなかった。一日も早く奥平に会いたかった。高須に頼んで佐渡に渡る決心をして、港に近い旅籠に移った。ところが冬の海は昼も夜もひどく荒れて船が出ない。困りはてていたところに奥平が新潟に戻って来た。

「おお来ておったのか！」

奥平は笑顔を浮かべていった。四角張った顔は怖そうで、加えて言葉が違うので最初は戸惑ったが、表情が思っていたより優しかったので、健次郎はホッと胸をなでおろした。

健次郎は兄大蔵から預かった秋広の銘刀を奥平に差し出すと、奥平は、

「ほう」

といって刀身を見つめ、うなずいた。二人は新潟の旅籠「当銀屋」に宿泊し、明治二年の正月をここで迎えた。二月になり海が穏やかになり、二月六日に佐渡に渡り、河原田町の奉行役所に落ち着いた。与えられた部屋は真野《まの》湾を見下ろす見晴らしのいい長屋の一室だった。

新潟に来て海を初めて見た健次郎は、その無限の広さに驚いた。会津の人々にとって海とは猪苗代湖だった。猪苗代湖は琵琶湖に次ぐ大きな湖だが、海の広さに比べたら、まるで問題にならなかった。佐渡に渡るため船というものに初めて乗った。こんなに揺れるものかとこれも驚いた。伝八郎はすぐに船酔いを起こし横になったが、健次郎はまったく平気だった。海に強いのかなと自分で思った。

吉田松陰の考えを学ぶ

奥平という人は実に開けっ広げの人で、健次郎らの身分は隠したものの、

「会津は立派に戦ったものよ」

といって会津を褒め、周囲をハラハラさせた。なにせ会津は朝敵、賊軍であり、囚われた会津人は罪人である。その罪人の子弟を堂々と書生にして佐渡に連れて来たのだから、大変な人物であることは明らかだった。ときにはわざわざ訪ねて来て会津戦争の話を聞いて帰る人もいた。そんなとき健次郎は、露見しはしまいかと気が気でなかった。

困ったのはフグの味噌汁である。

「フグはうまいぞ」

といって、奥平はいつもフグの味噌汁を作らせた。これまで佐渡の人々はフグは恐ろしいものと思って捨てていたが、参謀が好きだというので、地元の漁師がどんどん持って来るようになった。奥平はこれに金を払うので、食べ切れないほどのフグが毎朝届いた。

健次郎は毒があると聞いていたので、目をつぶって味噌汁を飲んだが、伝八郎は手を出さなかった。これに対して健次郎はフグの毒ぐらいでひるんではならないと思った。彼の信条はまず男らしさだった。青瓢簞《あおびょうたん》だった体もフグを毎日食ったせいか、逞しくなり、少々のことでは音をあげないようになった。

ここでの師匠は仙台藩の麻田という人だった。毎日、麻田先生について読み書きを習った。しかし正直なところ講義に新しさがなく、欲求不満は免れなかった。ときには奥平から講話を

聞くこともあった。いつも吉田松陰《しょういん》のことだった。

「松蔭先生は身分差を一切無視した方であった。人間は皆平等じゃと説かれた。ただし怒ると怖い人で、勉強をせぬと紙と筆を奪って庭に投げ捨て、死を恐れずに進むべしと怒声をあげた」

奥平の言葉は健次郎らに対する叱咤激励だった。

長州人は一般的に気性が激しい。とくに吉田松陰の流れをくむ人々にその傾向が強いという。奥平が師事する前原一誠は松下村塾の優等生で、

「勇あり、智あり、誠実人に過ぐ」

と評された人物だった。

奥平も藩黌明倫館の秀才で、二人は万端気が合った。ともに松陰の純粋な部分を受け継いだ理想家肌の人で、会津に対しての寛典《かんてん》を望み、極刑を求める木戸孝允とは対立していた。そのため損な人生を歩むことになる。

前原は参議、兵部大輔まで進むが、薩摩との軋轢と理想にはほど遠い新政府に失望して萩に帰り、奥平もこれに共鳴し、反政府運動に突入する。二人は旧会津藩士の永岡久茂らと呼応して、萩の乱を起こし、前原は斬罪に処せられ、奥平も捕えられ斬られる。

人肉を食ってみたい！

健次郎はある意味で希有な人物に出会ったことになる。人間とは実に様々な生き方があり、体制にさからい罪人になったとて、その人間の価値はなにも変わらない。そう考える人が奥平

だった。奥平がこの佐渡でどのような仕事をしているのか、健次郎には分からなかった。

もともと佐渡の知事は長州の井上聞多《もんた》が務めるはずだったが、辞退したため代役として奥平に白羽の矢が立った。越後戦争で指揮下にあった北辰隊を率い佐渡に赴任した奥平は、領民に、

「それがしは朝廷の命により、ここに赴任した。政治を行うには、上は役人から下は細民に至るまで心を合わせ協力することが必要だ。それには適材適所の島政が必要である」

と布告した。佐渡は幕府の直轄領であった。

二十八歳の奥平は正面から島の政治に取り組んだ。奥平のまわりにはいつも北辰隊の人々がいた。北辰隊というのは、越後の尊皇派の部隊で、居之隊、金革隊、正気隊などとともに、薩長に味方し、会津や長岡を苦しめた。北辰隊は長州藩干城隊に所属し、新潟や新発田近郊で会津藩と正面から戦った。

健次郎にとっては裏切り者の印象もあったが、いまは彼らが勝者である。伝八郎は、

「奴らは嫌いだ」

といったが、健次郎も思いは同じだったが、いかんともしがたい。会津弁がばれるので、決して彼らの前では話をしなかった。

健次郎がいつも思ったのは、奥平の優しさだった。従来の幕府の役人二百人余を全員、解雇したが、路頭に迷うことがないよう一人に田一町歩、畑三反歩を与えた。反対に北辰隊の隊員が酒に酔って暴れたときは、罰として相川鉱山に送り、女郎屋に上がって威張りまくった役人には切腹を命じた。薩長の高級官僚にとって政治のよりどころは朝廷であり、法律であった。

ただし、人によって運用に差があり、行政は官吏の経験者に限ると、一度解雇した役人を復職させたりもした。

なにせまだ若かっただけに、酒と女についての伝説を幾つか越後に残した。あるとき酒に酔って、

「人肉を食ってみたい」

といった。その場にいた男が晒し首になった罪人の頬肉を削いで持参し、皆で煮て食べた。そこから「鬼参謀」の異名がついたという伝説である。

これは真偽のほどは分からない。いくつか証拠が残っているのは、どこに行っても女性にもてたことである。詩人であり書の達人だったので、きれいどころによく揮毫を求められた。いまをときめく参謀とあっては当然であったろう。

旧敵の世話に

一か月ほどたったころ、ついに噂が飛び交った。

「あいつらは会津というではないか。大方会津の残党であろう。謹慎所を抜け出して来た者に違いない。参謀はなぜ匿うのだ」

島のあちこちからこういう声が起こった。ばれない方が不思議であり、健次郎はもうだめかと思った。ところが奥平は、

「気にせずともよい」

と歯牙《しが》にもかけない様子だった。しかし噂は新潟まで広がった。

やむなく奥平は新潟に帰ることになり、健次郎らの佐渡滞在は、わずか一か月半で終わった。新潟は広いし、会津に同情的だったので、佐渡のように、あれこれいう人も少なかった。

ここは会津藩の海の玄関であった。ここに会津の港を開く計画もあり、かつては何人もの会津藩士が駐在していて、繁華街に「会津屋」という御用の宿屋さえあった。

「君らは遠藤隊長のところに行くように」

と、奥平がいった。健次郎は驚いた。遠藤七郎は北辰隊の隊長である。よりによって会津と敵対した北辰隊の世話になるとは夢にも思わぬことだった。嫌いだといった伝八郎の顔は青ざめていた。健次郎には想像もつかなかったのだが、遠藤隊長は新発田領の大庄屋であった。

「お前たちが会津ということは、はじめから知っていた。なにも遠慮はいらぬ」

遠藤はそういって健次郎らを自宅に案内した。その屋敷の広さには仰天した。会津藩の家老の家など問題外で、五つも六つも土蔵があり、作男や女中が大勢いた。

ここには和漢の蔵書が山ほどあり、それを自由に読むことが出来た。この頃健次郎は斯波誠《しばまこと》を名乗っていた。ここの生活も半年で終わった。奥平が東京に戻ることになったのだ。

第四章　強　運　～アメリカ留学～

西郷隆盛に直談判した男

健次郎は奥平が自分たちを匿ったことで政府ににらまれ召還されたのではないかと心配したが、そうではなかった。奥平が、

「お前らも一緒に来い。東京には君の兄もいる。嬉しいか」

といった。健次郎はびっくりした。嘘ではないかと頬をつねった。それを見て奥平が笑った。

明治二（一八六九）年夏のことだ。これでやっと本格的に勉強が出来る。健次郎の心は弾んだ。

奇しくもこの頃、会津の人々にもようやく光が差し始めていた。主君容保は鳥取藩池田家の江戸屋敷、養子の喜徳は久留米藩有馬家の江戸屋敷に幽閉されており、池田家には政務担当家老だった梶原平馬と健次郎の兄大蔵らもいた。

藩士たちの多くは越後の高田藩に幽閉されていた。幽閉の身の旧会津藩士にとって頼りになるのは戦争中、江戸にいた広沢富次郎（安任）だった。

広沢も秋月と並んで京都では知られた人物だった。近藤勇の新選組を統括し、硬軟両方を使い分け暗躍する実力派の公用方だった。

気性も荒かった。会津が朝敵となるや、広沢は旧知の西郷隆盛《たかもり》に直接談判せんと江戸の薩摩藩邸に乗り込んだ。あとにも先にも直接和平交渉に当たった会津人は広沢だけであった。戦争反対を唱えた西郷頼母も遠くで吠えるだけで具体的な行動はなかった。広沢が薩摩藩邸に乗り込んだとき、

「ううん、ひっ捕えておけ」

と、命じたのは西郷隆盛だった。広沢の敏腕ぶりは西郷もよく知っていた。敵にまわすよりはいち早く捕えた方が得策だというのが、その理由だった。広沢は佐久間象山（松代藩士　兵学者）と、皇居を彦根に移すことを画策したことがあった。これが実現していれば、薩長はそうやすやすと天皇を自家薬籠中のものにすることは出来なかった。

その広沢が釈放され、会津藩に戻って来た。逮捕されたいきさつからいっても、明治新政府との交渉役は広沢をおいてほかになかった。広沢は家老、梶原平馬や健次郎の兄、山川大蔵らと画策し、会津藩再興のシナリオを描いた。

お家再興の道

広沢が奔走して集めた情報では、主君の身代わりになって重臣が自刃すれば容保の罪一等を減じ、お家再興も認める空気が新政府部内にあるというのだった。

誰が犠牲になるかだった。選ばれたのは旧家老の萱野権兵衛だった。実際の戦争責任者は必ずしも萱野ではなかったが、主君のため藩のため権兵衛は涙をのんで、これを受けた。旧家老

の萱野権兵衛が自刃したのは、健次郎が東京に来る少し前の明治二年五月十八日のことだった。

こうしてお家再興の機運が生まれたところに、健次郎らは東京に着いた。

当時、旧会津藩士は、越後の高田に四千六百人、東京に二千数百人ほどが分散収容されていた。また仙台に集結した榎本武揚の旧幕府艦隊に加わるべくここから脱走した人々もかなりいた。

お家再興の希望がわき出たちょうどその頃、主君容保に男子が誕生したことも会津にとってはまたとない朗報だった。容保には二人の側室がいたが二人とも懐妊し、一人が女子、一人が男子を産んだ。打ちひしがれた会津人に光が差した。

長州藩の居候

兄大蔵は健次郎の姿を見てびっくりした顔をした。大蔵はお家再興の具体案をめぐって日夜、奔走していた時期で、健次郎らの居場所などあるはずもない。どうして上京して来たのかと兄に叱られた。健次郎は勉強を続けられるのか不安だった。

兄のいうのはもっともであり、兄に迷惑をかけることは出来なかった。それを聞いて、

「君の兄には迷惑はかけぬ。心配するな」

と奥平がいった。奥平が健次郎らを連れて転がり込んだのは、なんと長州藩の江戸屋敷の一角だった。ここの長屋の二階に前原一誠《いっせい》が住んでいた。前原は暗殺された大村益次郎の後任として明治政府の参議、兵部大輔の大役を仰せつかっていた。兵部大輔は陸軍・海軍両省を統括する大物である。飛ぶ鳥を落とす勢いの人だった。

それにしてはここの屋敷はお粗末なもので、とても兵部大輔の住まいとは思えなかった。しかし前原は一向に気にしてはいなかった。二階の十畳二間、十五畳一間、八畳一間の四間だった。男所帯なので、前原の食事はいつも仕出し弁当だった。

「ほう、鰻弁当か」

などといって書生たちと一緒に弁当をつついた。書生は健次郎を入れて六人である。全員十五畳の部屋に同居だった。四人は長州人だったが、奥平が「仲よくせい」と訓示したので、いじめもなく、皆、親切だった。

恩人前原一誠の失脚

主君松平容保が西洋の騎士の絵「泰西王侯騎馬図」を前原に贈ったのはこの頃であった。健次郎らの面倒を見てくれただけでなく、会津藩のお家再興について陰に陽に助力を惜しまなかったことに対する謝意だった。

暮らしてみると朝から晩まで客の取り次ぎに明け暮れ、とても勉強どころではなかった。健次郎はこの頃、眼病を患っていたので目がかすんで見えず、広沢真臣参議が訪ねて来たとき、階段を踏み外して転落し、向こう脛を思いっ切り打った。このため二、三日、足を引きずって歩いた。

前原と奥平はいつも夜遅くまで話し込んでいた。前原は他の閣僚と話が合わぬことがあるようで、明治二年の九月になって二人とも萩に帰ることになった。

前原の前に立ちはだかったのは、身内のはずの木戸孝允だった。そこには士族の扱いをめぐる確執があった。長州奇兵隊が反乱を起こしたとき、二人は恩典を求めたが、木戸は厳罰で臨み、両者に深い溝が出来た。加えて兵部大丞《ひょうぶだいじょう》の薩摩の黒田清隆《きよたか》との対立もあった。もともと薩摩と長州は犬猿の仲である。倒幕で同盟を結び、戊辰戦争も協力して戦い、政権の座についたが、やることなすこと相手のことが気にいらない。

階級が下のはずの黒田がことごとく兵部大輔の前原に反対して閣議はいつも暗礁に乗り上げた。二人の対立は越後での戦闘から始まっていた。このときも役職は前原が上だったが、黒田がことごとく反発するものだから、どうにもならなかった。前原は体調を崩したこともあって嫌気がさし、奥平を連れて国に帰ることにした。

「連れて行きたいが、長州ではあれこれいう奴も多い。しばらくはまた越後の遠藤家の世話になるのがよい。そのうちに呼んでやる」

奥平がいった。前原も、

「そうしたらよかろう」

といった。なんとも仕方がないことだった。

「この本をお前たちにやる。これだけ読破すれば、治国平天下の道を会得することが出来る」

萩への出立の朝、奥平は老子、荘子、韓非子と荻生徂徠《おぎゅうそらい》の書物を一部ずつ二人に贈ってくれた。健次郎らは前原と奥平を品川まで送り、別れを告げたが、敵軍の子弟である自分たちをここまで面倒見てくれた二人に健次郎は真底頭が下がった。このご恩を決して忘れてはならない。

健次郎は涙を浮かべながら、深く胸に刻み込んだ。

涙の再会を経て再び越後へ

兄たちは会津藩の再興を目指し日夜、折衝に追われて忙しく、一度は途方にくれた二人だが、幸いこのとき河井善順が上京していて、二人を助けてくれた。健次郎は善順の世話になりながら眼科の病院に通って目を治療し、完治を待って越後に向かうことにした。病院に通ったおかげで健次郎の目は間もなく良くなり、伝八郎と一緒に奥平の指示通り越後に向かった。

東京から越後への道は三国峠越えが普通である。越後に入れば信濃川を舟で下れる。しかし健次郎は母や姉たちに会うため奥州街道を下って一路、会津若松を目指した。祖父の死は東京で知り、なにがなんでも祖父の墓参りをしたかった。健次郎は祖父から授かった刀をしっかり背中にくくり付け、歩きに歩いた。会津の山河が見えたとき、目頭が熱くなった。

天守閣は会津を去ったときと同じように天高く聳えており、荘厳な雰囲気に変わりはなかった。天守閣を見上げると負けた悔しさが込み上げ、いつしか涙が頬を伝わって流れた。健次郎は声をあげて泣いた。鶴ヶ城の前でひざまずき泣き続けた。奥平に世話になってはいるが、薩長に対する憎しみは消えるものではなく、その怨念がどっとわき出て体内を駆けめぐった。

「ちくしょう、ちくしょう」

と、やがて立ち上がった健次郎は、込み上げる怒りを隠さずに叩きつけ、歯をくいしばりながら城に向かって合掌した。

母と姉たちは、依然として塩川在の水谷地村に暮らしていた。母は苦労のせいかすっかり皺《しわ》が増えたが二人の姉は相変わらず元気で、畑仕事に精を出していた。

健次郎が駆け込むと、母は呆然として健次郎を見つめた。しばらく言葉がなかった。それから健次郎の荷物を手に取り、またじっと見つめ、

「健次郎、健次郎か、よく帰って来たなあ、健次郎、爺さまがなあ」

といって涙ぐみ、すぐ祖父の位牌の前に座らされた。狭い部屋に粗末な箱があり、その上に祖父の位牌と一輪ざしがあった。一輪ざしには白い野の花が飾られていて、祖父が花の精となって生きているように思えた。

姉たちは畑仕事に出ていたが、健次郎が戻ったと聞いて走って来た。あの怖い姉の目に涙が浮かんでおり、姉も悔しい日々を過ごしていることが一目で分かった。母は涙声で、

「爺さまはなあ、健次郎ッ、健次郎ッといいながら、息を引き取ってなあ」

といった。それを聞き、健次郎は泣き伏した。祖父は健次郎にとって父親代わりの人だった。健次郎は優しかった祖父の顔を思い浮かべながら線香をあげ、手を合わせた。それから裏山に向かい、木の香も新しい墓標にぬかずいた。

「爺さまぁ、爺さまぁ」

健次郎は我慢出来ず、声をあげて泣いた。この一年、健次郎は大声で泣いたことはなかった。祖父の墓前に立つと、体内に蓄積されていた悔しさ、悲しさ、寂しさが一気に吹き出る感じだった。

「いっぱい泣け、泣けば気持ちが晴れる」

と、母はいった。姉たちもしんみりした顔になり、今度はなにもいわなかった。健次郎は一泊しただけで、ふたたび越後に向かい、明治三年三月まで越後の遠藤家の世話になり、土蔵にある万巻の蔵書を読みふけって過ごした。

行くも地獄、残るも地獄

明治三年春、会津藩にもようやくお家再興の許しが出て、健次郎にも上京を促す手紙が来た。主君容保の罪が許され、世子容大《かたはる》公に家名のご沙汰があり、南部斗南《となみ》藩三万石に封ぜられたのだ。東京や越後の高田で謹慎していた旧藩士の人々はどんなに喜んでいるだろうか。

これからは晴れて斗南藩士として世間を歩けるのだ。学校も開くという。健次郎と伝八郎は思わず快哉《かいさい》を叫んだ。斗南藩の役職も決まり、首席家老に当たる大参事には兄の大蔵が選ばれ、兄を補佐する家老に当たる少参事には広沢富次郎、永岡敬次郎、倉沢右兵衛が選ばれた。

これを機に兄は名前を変えた。「浩」である。広沢ら少参事も名前を変えた。広沢は安任《やすとう》、永岡は久茂《ひさしげ》、倉沢は平治右衛門《へいじうえもん》である。名前を変えて新たに出直そうという心意気であった。兄らは藩士とその家族を率いて下北に下ることになる。健次郎は急遽旅装を整えて三国峠越えで東京に向かった。

兄浩は目のまわるような忙しさだった。斗南の地には海があり、いずれの日か世界の船を受け入れ、交易をするのだと兄が語った。だが会津若松に残留していた人々は斗南行きに反対で、どうしても会津若松に残ると主張した。下北半島は米もとれない不毛の地であり、寒さも厳しく武士ではつとまらないという理由だった。しかし会津若松に残っても土地もなければ家もなく、どうして生きてゆくのか見通しが立たず、行くも地獄、残るも地獄であった。

斗南移住は明治三年四月から始まった。東京組と越後組はいったん会津若松に帰り、そこから家族を連れて新潟に向かい、新潟から船で下北半島に渡るのだ。兄浩は明治政府とかけ合い開拓の資金援助を取り付け、その資金で当座の米を買い入れたり、アメリカの商船ヤンシー号を借り受けて新潟にまわすなど不眠不休で働いた。

健次郎ら藩の子弟四十人ほどは東京残留を命ぜられ、芝増上寺の徳水院に開かれた斗南藩学校に入学させられた。校長は兄の友人の竹村幸之進で、旧幕府の学問所、開成所の教官だった千村五郎が英語教師として来てくれた。

生徒は全員寄宿舎に入り、一日南京米二合が支給され、勉学費は月に百文だった。筆、墨、紙、灯油、寝具の損料などを引くと一銭も残らず、全員が満足な食事も出来ず、青い顔をしていた。

「ああ腹が減った」

と嘆く声が教室に響いた。

「なにを贅沢なことをいっておる。斗南には学問の場などないのだぞ。甘ったれるな！」

その都度、竹村校長から怒鳴られた。この斗南藩学校も四か月で閉鎖になった。その余裕がなくなったのだ。

すべての基礎は数学！

健次郎はここで一計を案じた。最初にフランス語を習った沼間守一先生が鍛冶橋の土佐藩邸で私塾を開いており、そこに潜り込むことにした。人間の本能であろうか。青瓢箪でどこか引っ込み思案の健次郎も居候生活が長く続くと、生きる術が身につき逞しくなっていた。

沼間に事情を話すと、

「そうか」

と書生に採用してくれた。沼間は健次郎の兄とともに日光口で戦い、相手の土佐兵をキリキリ舞いさせたが、それが敵将の谷干城《たてき》の目に止まり、土佐藩に招聘され、フランス語や英語を教えていた。

健次郎と伝八郎、それに高嶺秀夫（後に東京美術学校・音楽学校校長）も加わり、今度は沼間の塾に居候し、初めて本格的な勉強を始めた。語学のほかに数学も学んだ。

健次郎が入れてもらった仲間部屋は四十畳ほどもある蛸部屋のようなところだった。健次郎は沼間の助手になって、低学年の生徒に初級のフランス語を教えたりもした。数学は初めての学問なので苦労した。会津では算数、算盤は武士のやることにあらずと一切教えなかったので、まるで分からなかった。

「数学を分からずして、学問は出来ないぞ」

と、沼間は厳しかった。兵学にしても化学にしても物理にしても、基礎は数学だと沼間はいった。もとより健次郎らは金がない。教科書は他の塾生の書物を夜、書き写して間に合わせた。

楽しみといえば食事だった。ご飯と香の物だけだったが、食べられるというだけで満足だった。魚を食いたいとか、豆腐を食いたいとか、そんなことをいっている余裕はなかった。

斗南に行った人々も大変苦労していると伝えられ、それを思うと沼間の塾で学ぶ健次郎にはつらいことなどなにひとつなかった。幸いというか、ここにも会津に同情する人が何人もいて健次郎を助けてくれた。旧幕府海軍の「回天丸」の艦長だった甲賀源吾の弟もその一人だった。

この人は平面幾何学と代数が得意で懇切丁寧に手ほどきをしてくれた。甲賀源吾は宮古湾の海戦で戦死しており、健次郎は一夜、その壮絶な海戦の模様を聞かせてもらった。

当時、東京で本格的に勉強しようとすると、第一は官立の大学南校だった。次が福澤諭吉《ゆきち》の慶応義塾、南部利恭《としゆき》の共慣義塾などだったが、授業料がかかるので、健次郎にはどこも高嶺の花だった。しかし人はいつ幸運が舞い込むか分からない。

アメリカに行け！

斗南の兄から一通の手紙が来たのは、この年、明治三年の秋のことだった。

「アメリカに留学せよ」

兄の手紙にはそう書いてあった。手紙を読んだ沼間は、

「山川君、これからは外国を学ばなければならん。さすがは君の兄だ、ぜひアメリカに行きたまえ」

といった。信じがたい夢のような話であった。健次郎は狐につままれた思いだった。だが兄

からの手紙である。疑う余地はなかった。真っ先に長州の奥平謙輔先生の顔が浮かんだ。どんなに喜んでくれるだろうか。そう思うと涙が止まらなかった。祖父の顔も浮かんだ。母も姉も泣いている。健次郎は家族の絆を噛み締めていた。兄がいつも自分のことを考えてくれていることに、いまさらながら頭が下がった。

この時代、富国強兵を目指す日本は海外に留学生を送り、海外の知識を吸収し、強国日本を作ろうとしていた。留学はさまざまな分野で行われた。健次郎は北海道開拓の枠によって選ばれた。提案者は北海道開拓使次官の黒田清隆だった。彼は、

「おいどんが思うに若い者をアメリカに留学させ、そこで学んだ知識と体験を大いに生かして開拓に当たらせねばならん」

といって強引にこれを実現させた。しかし問題があった。当時の政府留学生は原則的に薩摩と長州の子弟に限られていた。情実で選ばれるので語学力などあるはずもない。留学しても勉強について行けず、日本人同士が固まって遊びに明け暮れる現実だった。

黒田はそれを問題視した。そして、

「北海道は寒い、薩長の子弟だけではだめだ。賊軍である会津と庄内からも選ぶべきだ。反対はおいどんが許さぬ」

とぶちあげた。これは正論であり、英断だった。

黒田の要請を受けた斗南藩首脳は健次郎の派遣を決めた。健次郎は越後に脱走して苦難の道を歩みながら勉学を続け、語学の知識もあることが評価された。

兄浩も欧州をまわっており、その弟ならば音をあげることはあるまいと思われた。かくて健次郎に白羽の矢が立った。健次郎は強運の持ち主だった。敵方の長州人に助けられ、今度は薩摩の黒田によってアメリカ留学のチャンスを得た。不安は隠せないものの、なんとかなるという確信があった。沼間が、

「山川君なら大丈夫だ、それにしても黒田はたいした男だよ」

といった。黒田に会ってみたいと健次郎は思った。

黒田は箱館戦争のとき、「官軍」参謀として榎本武揚の旧幕府艦隊と戦った。妙に一本気のところがあり、好きとなれば、たとえ敵でも褒めた。幕臣が皆、腑甲斐なく恭順したというのに一人戦いを続ける榎本は、黒田のもっとも好きなタイプだった。

黒田は、

「賊魁《ぞっかい》榎本、誠に得がたき非常の人物」

と榎本を評し、出来れば榎本と和議を結び箱館戦争を終わらせたいと願った。そのために和議の使者を榎本に送った。戦後、榎本を極刑に処すべしという声があった。そのとき、黒田は頭を丸めて榎本の助命を嘆願した。その個性が災いし、ときとして冷遇されたが、ついに総理大臣まで務め、天下に黒田ありを示した。やることが大胆で、斬新だった。

黒田の迫力

国費留学ともなれば、アメリカでの学費、生活費は国から支給される。しかもその額は年間

七百ドルから千ドルという多額なものだった。ちなみにアメリカの大学教授など知識人の給与は週給二十ドル前後だった。年俸だと千四十ドルほどになる。日本人留学生は下宿代として一人に週十五ドルを払っていたので、その家にとっては大変な収入で、アメリカにおける日本国の国費留学生の地位は非常に高かった。それだけに出発に当たっては準備も大変だった。

兄がいればなにかと面倒を見てくれたに違いないが、身内は皆、遠く離れた地にいた。沼間があちこち走り回って麻の上下の紋付きを借りてくれ、湯島天神下の洋服屋で洋服を仕立ててくれた。履き物は外国人の白い古靴を買ってくれた。アメリカに行ってみると、白い靴は誰も履いておらず、恥をかくことになるが、身のまわりのものはすべて他人の好意によった。

この頃、政府の役所はすべて皇居内にあった。黒田に会う機会は意外に早くやって来た。沼間が、

「行け」

というので、健次郎は恐る恐る黒田清隆がいる開拓使の事務所に挨拶に行った。

「おはんが会津の山川か」

黒田がもじゃもじゃの髭をなでながら、ギョロリとした怖い目でにらみつけたときは、健次郎もちぢみ上がった。

「おいどんが一緒に参る」

と、黒田がいった。健次郎は恐れをなして、

「はい」

といってチョコンと頭を下げた。

「困ったことがあったら、なんでもおいどんにいって来たまえ」

と、黒田にいわれたが、怖くてなにもいえなかった。しかしこちらも会津の白虎隊である。祖父が「薩摩の芋侍め」と口癖のようにいっていたので、それを口のなかで繰り返し、黒田に負けないよう自分に気合いをいれた。

カレーを食べた最初の日本人？

明治四（一八七一）年正月元旦、黒田に引率された健次郎らは、汽船「ジャパン号」に乗って横浜港を出て、一路アメリカの西海岸に向かった。船は排水量二千トンの最新鋭の汽船だったが、外輪船なので風波に弱く、ときどき大きく傾き、新潟―佐渡間しか船に乗ったことがない健次郎は、ひどい船酔いに悩まされた。

兄浩はフランスまで船で行っており、それに比べればアメリカ航路はまだ楽である。風波が激しくなったときは、兄に負けてなるものかと頑張った。

外国事情は福澤諭吉の『西洋旅行案内』で勉強したが、困ったのは食事だった。福澤は、

「梅干と佃煮《つくだに》は忘れるな」

と書いていたが、健次郎は金がないので梅干も佃煮も買えず、持参して来なかった。そんなわけで、出されたものはなんでも食べたが、洋食は油が合わず、どうしても口に入らない。しかし空腹には堪えられない。恐る恐るカレーライスを口にしたが、辛くてとても食えない。

最初にカレーライスを味わった日本人は誰か。記録の上では、健次郎になっている。ご飯だけ食べて腹を満たした。

当時の健次郎はまだ攘夷思想が残っていて、西洋人のいうことなどあてにならないと思っていた。日本は神の国という発想がどこかにあった。ところが航海中、健次郎の常識が見事に破られた。

「今晩遅くか、あるいは明日の夜明けに、本船は日本に向かって航海する太平洋郵便会社の船に出会うであろう。日本に手紙を出したい人は用意すること」

という案内が船内に張り出された。

「そんなばかなことがあるか」

と、健次郎は思った。ところが夜中の三時頃、太平洋のど真ん中で両船がピタリと遭遇し、百メートルほど離れて停船するや、ただちにボートを下ろして郵便物を交換した。健次郎は仰天した。黒田が、

「どうじゃ、見たか、しっかり勉強せい」

と怒鳴った。

アメリカの衝撃

これは「理学」の勝利だと健次郎は思った。「理学」とは今日でいう科学技術である。日本に比べ、アメリカが天文学や通信技術、航海海術などさまざまな分野ですぐれていることは一

目瞭然だった。

健次郎は兜《かぶと》をぬいだ。翌日から健次郎は片言の英語を操って外国人に話しかけ、なんでも聞きまくった。船員は皆、親切で、

「ボーイ、ボーイ」

と健次郎を呼んで、英語を教えてくれた。おかげでほどなく英語で挨拶も出来るようになった。船は一月二十三日、無事にサンフランシスコに着いた。

「これがアメリカか」

健次郎はあまりの賑わいと、山など見えない土地の広さに驚いた。西洋人、東洋人、白人、黒人、黄色人、人種も肌の色も多彩だった。見るもの、聞くもの、すべてに興味がわいた。

サンフランシスコは金鉱が見つかって以来、ゴールドラッシュにわき、人々は西部へ西部へと集まり、ゴールドラッシュが終わってもここに住み着き、大きな街を形作っていた。いたるところに高層の建物があり「高いなあ」と飽きもせずに見上げた。

健次郎は、あることを思い出した。会津藩にはスネル兄という軍事顧問がいた。戦後、スネル兄が何人かの会津人を連れてサンフランシスコに渡り、ワカマツ村を作ったと聞いていた。

「どうしたであろうか」

と思い、健次郎は土地の人に尋ねてみたが、ワカマツ村がどこにあり、スネル兄がどうなったかは分からなかった。

もともとこの西部は先住民族の土地だった。東部から白人が入って来て、ここを自分たちの

ものにした。金鉱の発見が発展に拍車をかけ、高層建築が建ち並ぶ大都会になった。しかし開拓は過酷なもので、東部から砂漠やシエラネバダ山脈、ロッキー山脈を越えて、ここまで来る間に数え切れない人が凍死したり病で倒れた。

健次郎が強く関心を抱いたのは大陸横断鉄道だった。煙を吐いて矢のように走る火車《かしゃ》という存在に、腰が抜ける思いだった。健次郎らはここからその火車に乗り、ロッキー山脈を越えて北米大陸を横断した。列車の旅は飽きることがなく、毎日、唖然呆然、感心する日々であった。

それにしても土地の広いこと、行けども行けども砂漠だった。途中の駅には先住民族がいた。勇敢そうな顔をしており、人馬一体となって砂漠を走る姿は見事だった。この鉄道は東のユニオン・パシフィックと西のセントラル・パシフィックの二つの鉄道会社が競争しながら山を越え川を渡り、建設した。二つの会社が競争したので完成が早かったとも聞いた。

学ぶべきは科学技術だ

「おはんら、口をあけて見てるばかりではだめだぞ」

と、黒田清隆はしょっちゅう留学生に気合いを入れた。そして健次郎には、

「山川、お前は勉強せねばいかんぞ。会津人は苦労しているんだ。分かってるな」

と、とくに目をかけてくれた。健次郎は黒田のいう意味が痛いほど分かっていた。日本のための留学ではあるが、会津の人々の期待を一身に担っての渡米でもあった。

石にかじりついてでも勉強し、アメリカの大学を卒業して日本に帰り、日本のため会津のた

めに、なにかをしなければならなかった。

　健次郎が頭を痛めたのはなにを学ぶかだった。思うに会津藩は理学を軽視し、儒教や道徳を重視しすぎた。会津の武士道は立派だったが、長州の大村益次郎のような人物は生まれず、兵備は薩摩や長州に後れをとった。大砲は和式であり、鉄砲は火縄銃さえ使っていた。

「これは理学が足りなかったせいではないか」

と、健次郎は反省していた。理学とは科学技術の意味である。これからの日本は理学を勉強しなければ、諸外国に太刀打ち出来ない。出した結論は理学の勉強だった。蒸気船にしろ鉄道にしろすべて科学技術の所産だった。

　健次郎は決心した。

第五章　志　学 〜科学者山川健次郎の誕生〜

日本人のいない街で勉強しよう

長い長い旅路の末に健次郎がたどり着いたのは、大西洋岸のニューヨークとプリンストンの中間にあるニューブランスウィックという静かな学生街だった。黒田はワシントンに向かったので途中で別れた。黒田清隆が別れ際にいった。

「いいか山川、おはんは会津のことを忘れずに勉強いたせ。おはんは勉強出来るだけ幸せだ。そのことを忘れるな、途中で投げたら、おいどんが許さぬ」

黒田がいうように、健次郎は日本国の留学生であると同時に、会津藩の命運を担う若者でもあった。たとえ上司が薩摩であれ長州であれ、自分はあくまでも会津藩士であり、そのことを一日たりとも忘れてはならないのだ。それは戦いに敗れた会津人の宿命なのだ。それをいってくれた黒田の優しさを感じ、目が潤んだ。

この街には二十人ほどの日本人留学生が来ており、薩摩の畠山善成《よしなり》という人がいて日本人留学生の面倒を見ていた。旧幕臣勝海舟の子息子鹿《ころく》も留学生として来ていたが、その子鹿を頼ってアメリカに来た高木三郎という人もいて、健次郎が会津だと分かるや、親切に世話をしてくれた。

仲間内では日本語を使ったが、一歩外に出るとすべて英語である。健次郎の英語は挨拶以外、まったく通じなかった。そこでハイスクールに入って会話を習うことになった。

話には聞いていたが落伍者も実に多かった。英語が話せないのだから根本的にだめだった。彼らは自信を失い、日本人同士で下宿に籠り、もう完全に勉強を放棄していた。

「日本人の留学生は公費、私費合わせて五百人はいるが、大半はどうにもならないでく木偶《でく》の坊《ぼう》だ。いずれ強制送還されてしまう。そうならないためには日本人がいないところに行って勉強することだ。ここに来た以上、エール大学に入学しなければならない。入学出来なければ帰国だッ」

高木が厳しく叱咤した。甘えをなくしガリ勉をしなければ落伍は確実だった。薩摩、長州の人間は集団で来ている甘えがあり、その分、落伍者も多かった。高木はアメリカ人と同じ程度に英語が話せて、並のアメリカ人以上の読解力、想像力、応用力がなければ、エール大学への入学は不可能だといった。

大学卒業の資格を得て帰国しなければ、家族はもちろん会津藩の恥になる。母にも姉にも合わせる顔がない。白虎隊士としては切腹ものだった。

健次郎は身震いした。なにがなんでもエール大学に入学し、無事卒業して帰国しなければならぬと心に誓った。高木は、

「思い切って日本人のいない街に行け」

といった。日本人のいない街に移り住み、死ぬ覚悟で勉強しなければエール大学に入学することは無理であった。

「日本人のいないところで勉強しよう！」

健次郎は決断した。

一冊の本の衝撃

畠山や高木が選んでくれたのはノールウィッチという街のハイスクールだった。アメリカの名門エール大学があるニューへブンの街は、ニューヨークから海岸にそって七十マイル（一マイルは約一・六キロ）ほど先にあった。そこからさらに東へ三十マイル行くとニューロンドンの街があり、さらに北に十マイルのところに健次郎が目指すノールウィッチの街があった。

田園の広がる人口一万人の田舎町で、健次郎はそこの中学校に入学した。右を見ても左を見ても日本人は一人もいなかった。アメリカの生徒は皆、不思議そうな顔をして、しげしげと健次郎を見つめた。

「日本の会津です」

と堂々と答えた。郷里を決して忘れることはなかった。校長のハチソン先生は、

「ケンジロウ、なにも心配することはない」

といい、東洋の小さな島国から来た留学生を温かく迎えてくれた。授業は英語、地理、合衆国の歴史、ラテン語、それから苦手の算術、代数、幾何、三角法である。それを英語で勉強す

るのだから大変だった。加えて銭湯が一軒もなく、体は垢だらけだった。

「お前は臭いよ」

健次郎を見るとクラスメイトは鼻をつまんだ。冷たい水でごしごし体を洗い、不眠不休で勉強した。試験のときは街の本屋に行って試験問題集を買い求め、片っぱしから解いて試験に臨んだ。へこたれるといつも兄浩の顔が浮かんだ。

「死んで来いッ」

という兄の言葉が励みになった。不思議なもので、三か月もすると相手の言葉を聞き分けられるようになり、半年も過ぎると日常会話に不自由しなくなった。

日本人がいないため依頼心が消え、精神的にもたくましくなった。もうどこにも青瓢箪の面影はなかった。言葉に支障がなくなると健次郎は街の人々から厚い歓迎を受けた。東洋の島国からはるばる勉強に来たというので、どこに行っても人気者だった。

アメリカの生活に慣れると、健次郎は自分の将来を考えるようになった。そして一冊の本が健次郎に刺激を与えた。イギリスの哲学者ハーバート・スペンサーの書物である。

国を富ますには第一に政治がよくならなければならない。政治をよくするには社会をよくしなければならない。社会をよくするには生物学や物理、化学などを研究する必要がある。そこにはそのようなことが書いてあった。物理や化学などを総称して自然科学の学問と呼ぶことも知った。健次郎はこの本を読んで決意を新たにした。

物理学を学ぶ

会津藩の教育が漢学や道徳思想に偏《かたよ》り、理学が軽視されてきたため、薩摩や長州に後れをとったことは明らかであり、アメリカと比較すれば日本も同じだった。問題は自然科学のなかからなにを専門に勉強するかだった。科学の基礎は物理学にあるとハチソン校長がいった。

健次郎は物理の教科書を広げた。文系か理系か自分の進路を決めなければならないのは、当時もいまも変わりはなかった。このとき健次郎十八歳、現在の高校二年生である。そんな健次郎をハチソン校長はいつも支え続けた。自ら個人指導を買って出て健次郎の勉強を見た。

もしエール大学に入れなければ、会津に帰ることは出来ない。健次郎は勉強、勉強と、歯を食いしばって頑張った。

一年後の明治五（一八七二）年の夏、健次郎はエール大学の予備門、エール大学付属のシェフィールド・サイエンティフィック・スクール（理学校）に合格した。三角法が不合格で夏休みに勉強するという条件付きでの合格だったが、エール大学への壁を一つ突破することが出来た。

「ケンジロウ、よくやった」

と、校長先生が我がことのように喜んでくれた。理学校としては日本人初の合格だった。

エール大学の理学校はニューヘブンの街にあった。ここは当時のコネチカット州の一年交代の州都で人口七万五千人、豊かな牧草地に恵まれ、加えて三本の川が流れ込む河口に面し、ロングアイランド海峡に面した貿易港も持っていた。

黒人差別に衝撃

そして、ここは先住民との戦いもなく、イギリスからの移住者は平和裏に土地を買収し、ここに家を作った。皆、敬虔な清教徒で聖書の教えを忠実に守っていた。街の大通りには楡の大木が茂り、目抜き通りには十以上の銀行が並び、五百もの店が軒をつらねていた。のちに妹の捨松《すてまつ》（咲子）もここに留学して来て、しょっちゅう顔を合わせることになる。もう一つ健次郎にとっての救いは有色人種に対するリンチがないことだった。

アメリカに来てもっとも驚いたのは、黒人に対するひどい差別だった。これは言語に絶した。黒人は南北戦争まで多くが奴隷だったが、その後、自由の身となった。しかし黒人がちょっとでも間違いを起こすとすぐ殺された。ＫＫＫという秘密組織があってリンチを行うのである。顔を隠した男たちが黒人に石油をかけて焼き殺したり、ピストルで射殺したりした。にもかかわらず警察は一向に捜査しない。ホテルや列車のなかでも差別がひどく、黒人だとホテルは泊めないし、列車の座席は座る場所が違っていた。その面では実に野蛮な国だった。健次郎にとってこれは信じがたいことだった。

変われば変わる

エール大学の正門はまぶしいほど立派なものだった。アメリカにはいくつもの大学があったが、イギリスのケンブリッジやオックスフォード大学に匹敵するのはハーバードとエールの両大学だった。そのエール大学にはシェフィールド理学校が併設されていた。

シェフィールドという富豪の寄付によるもので、機械科、土木科、採鉱冶金科などがあった。希望する物理学科がなかったので、やむをえず土木科に所属し、数学の講義を熱心に聞いた。この学校では絵画と音楽が必須だった。

エール大学予備門での勉強が始まった。健次郎が頭を抱えたのは絵画の時間だった。

「ケンジロウ、どうして君は絵が描けないのですか」

と、絵画の先生は首をかしげた。石膏像を写生するのだが、まるで描けない。不器用といってしまえばそれまでだが、どだい会津藩の教育に絵画などあるはずもない。なに一つ描いたことがなかった。しかし、日本人は珍しい存在だったので同情点をもらい、落第は免れたが、

「なぜ絵が描けないのですか」

と何度、先生に笑われたことか。健次郎は帰国後も絵を見る度に当時の苦労を思い出すことになる。

音楽もひどかった。歌など歌ったこともなかったし、もちろん楽器をいじったことなどただの一度もなかった。理科を学ぶ学生は音響学が必須だった。困った健次郎はピアノを習うことにした。鍵盤を叩くと音が出て、音符の通りに弾くと美しい旋律になるのには驚いた。

健次郎自身、自分のあまりの変わりように信じられぬ思いだった。日本にいれば恐らく和服を着て、漢文などを習っていたに違いない。刀も差していたかもしれない。あるいは軍隊の学校にでも入っていたかもしれない。

白虎隊士だった小川伝八郎は軍人の道を選び、陸軍幼年学校に入ったということだった。

ところが、いま自分は洋服を着て革靴を履いて英語を話し、英文の教科書をスラスラと読み、ピアノを弾いているのだ。母が見たら卒倒するかもしれない。たった三年ほどの間に、人間はこれほどまでに変わるのか。健次郎は時おり鏡を見て、自分のあまりの変貌ぶりに腹を抱えて笑ったこともあった。

エール大学には何人かの日本人留学生がいたが、皆、日本の未来は我々が築くという自負心に燃え、凄い意気込みで勉強していた。落伍するような人間は大学入学以前にすでに区別されており、大学生はいわば留学生中の勝利者でもあった。それだけにお互いの競争も激しく喫煙、飲酒などはご法度だった。

「いい加減なことをしたら国辱ものだ」

健次郎は留学生仲間でも硬派で、いつしか、うるさい存在になっていた。

この頃、会津人三人がこのアメリカで一緒になった。三つほど年上の石田五助と白虎隊時代の親友赤羽四郎である。奇遇というか偶然というか、留学生としてやって来たもので、再会したときの喜びようはなかった。石田は後年日下義雄を名乗り、のちに福島県知事を務める。赤羽は外交官として活躍する。

三人は一夜、ニューヘブンの街に繰り出して痛飲した。いつしか会津の話になった。下北半島に移住した人々が開墾に失敗し、全国にちりぢりになったことが話題になると、健次郎は涙が止まらずオイオイと泣いた。

「俺は必ず薩長をやっつけてやる」

といったのは赤羽四郎だった。赤羽はいつも健次郎の側にいた。主君の安否を気づかって、猪苗代を抜け出したときも一緒だった。赤羽も、

「ちくしょう、ちくしょう」

と泣き続けた。翌日、三人はそろって写真屋に行って写真を撮った。

日本初の留学生が実妹？

明治四（一八七二）年十一月、健次郎の身に信じがたいことが起こった。妹の咲子が「捨松」と名前を変え、日本初の女子留学生としてアメリカにやって来るというのだ。

「えっ？」

といったきり、健次郎はしばらく声も出なかった。まだ十二歳の少女である。兄浩が決めたのだろう。兄のやることの大胆さに健次郎は半ばあきれた。

欧米に「追いつけ追い越せ」と、日本は女子留学生の派遣に踏み切り、会津にも派遣の要請があった。これも黒田清隆の発案であった。岩倉具視も賛成し、妹は岩倉使節団に同行してアメリカに来ることになったのだ。

留学期間十年、旅費、学費、生活費は一切国が負担し、さらに年間八百ドルの小遣いを支給するという破格の待遇だったが、応募者はなく、やっと集めたのが捨松ら五人だった。東京二人、静岡、新潟、青森各一人である。捨松は十二歳だったが、最年少の津田梅子はなんと八歳だった。捨松の場合、健次郎がアメリカにいることが決め手になった。

女子留学生は当初、ワシントンで英語を学んだが、健次郎はいずれ自分のところに妹を呼び、一緒に勉強したいと考えた。ニューヘブンの街は治安もいいし、東洋に理解を示す多くのアメリカ人がいたからである。エール大学図書館のアディソン・バンネイムは東洋の本の収集家として知られ、言語学教授のウィリアム・ホイットニー、コネチカット州教育委員長のバージー・ノースロップらも日本びいきで、

「ぜひ、ステマツを呼びなさい」

といってくれた。日本人と中国人を区別出来るのはこれら一握りの人に限られてはいたが、健次郎は恐らく全米でここが一番、日本人に理解を示してくれる街だという認識を持っていた。

捨松がワシントンからニューヘブンにやって来たのは、翌明治五年の晩秋だった。捨松は静岡県出身の永井繁子（後の瓜生繁子　益田孝の実妹）と一緒にやって来た。繁子は九歳で同じ年代のアメリカ人の女性に比べるとはるかに小さかった。健次郎は駅頭で五年ぶりに妹に会った。こうしてここで会うことが不思議だった。

「兄《あに》さま、どんなにお会いしたかったか」

捨松が健次郎の胸に飛び込んで泣いた。

「もう心配はない」

と、健次郎は妹を抱き締めた。捨松はいつまでも健次郎にしがみついていた。

「母上はお元気か、姉上はどうだ」

と聞くと、捨松は、

「母上は兄さまのことを心配しておりました」
と答えた。健次郎は母の優しい顔を思い出した。

おてんば娘

こうして兄妹でここに住めるのは、実に幸運なことであり、信じがたいことだった。気がかりなのは妹がキリスト教にかぶれはしないかということだ。まさか捨松が洗礼を受けることになるなど、このときは夢にも思わなかった。

ベーコン牧師の家に下宿した妹の捨松は、たちまち会話が出来るようになった。健次郎よりはるかに早い上達である。牧師の家には二歳年上のアリスがいてすっかり仲よしになり、捨松は元気いっぱいかけっこをしたり木登りをしたり、健次郎も驚くおてんば娘に育っていった。

捨松について心配することはなにもなかった。唯一あるとすれば、日本語を忘れてしまうことだった。健次郎は捨松に日本人であることを忘れるなと、口をすっぱくしていい、二人のときは日本語を使うようにしたが、一年も過ぎると捨松の日本語はすこぶる怪しくなってきた。

使わない言葉は忘れ、発音が英語風で片言に変わってしまった。「兄さま」という言葉も消えてしまい、ときには「ケンジロウ」と呼んだりして、困った奴だと叱ったこともあった。

帰国命令というピンチ

健次郎は本格的に物理学の勉強を始め、学業もあと一年半を残すだけになった。この頃、本国では日本人留学生のふしだらな生活が問題になっていた。各藩が競って留学生を出すに及んで遊び半分の学生が増えて来て、さっぱり勉強しない。こうした学生に国費をかけることは無駄であり、国の損失だった。

たしかに、猫も杓子も留学だった。船がサンフランシスコに着く度に十人、二十人と留学生がやって来た。彼らの多くは遊学というやつで、アメリカ人の家庭に入って言葉を習い、そのうちに住まいを借りて教師を雇い、図書館に通ったり、講演を聞いて歩いたりした。しかし英語力が不十分で、結局は日本人同士が集まり、酒を呑んで天下国家を論じ、喧嘩口論に及んだり、売春宿に入り浸ったり、恥ずかしい限りであった。健次郎は、

「皆、薩長の連中だ!」

と憤慨した。彼らはどうしても同郷人でたむろしてしまい、アメリカに溶け込めずにいた。要は落ちこぼれであった。健次郎のような真面目で、しかも貧乏な学生にとっては腹立たしい限りだった。そこで日本政府は品行不良の留学生を日本に戻すことにした。明治七年、文部少輔九鬼隆一が派遣され、実態調査に乗り出したが、実情の把握は困難を極め、成績に関係なくいったん帰国させるという乱暴な結論が出された。

健次郎のような国費留学生は帰国命令が出た以上、勉学費はストップとなるので、学業半ばで帰国するしかなくなる。健次郎はピンチに立った。妹を置いて学業半ばで帰国するわけにはいかない。健次郎はクラスメートに窮状を訴えた。反応は早かった。同級生の一人、ロバート・モーリスが、

「ケンジロウ、私の叔母に会ってくれ」

といった。叔母が大富豪だという。健次郎は彼の叔母のハンドマン夫人に会った。夫人は健次郎の身の上を聞くや、

「オーケイ、心配しないで下さい。ただし条件があります」

といった。そして、言葉を続けた。

「証文を書きなさい。学業を終えて帰国したならば、心を込めて国のために尽くすことを誓うのです。ケンジロウ、そう書くことが出来ますか」

もちろんである。自分は日本国家のために勉学しているのだ。科学技術を磨いて祖国のためにお役に立ちたいのだ。健次郎は、

「自分は日本のために尽くすつもりです。決して嘘偽りはありません」

と答え証文を書いた。夫人はこの証文を読んでニッコリ笑った。それから健次郎の手を握り、

「頑張りなさい」

といった。健次郎はまたしても幸運に恵まれた。長州の奥平謙輔と前原一誠に勉学の機会を与えてもらい、斗南藩の推薦でアメリカ留学生に選ばれた。これには薩摩の黒田清隆の配慮もあった。

今度はハンドマン夫人である。健次郎は祖父を思い、母を思い、兄や姉妹を思い、思わず涙を浮かべた。会津の人々が自分を支えてくれているのだ。健次郎は思った。

日本国家もさることながら会津藩が健次郎の双肩に重く重くのしかかっていた。大勢の会津

人が、自分の帰国を待っている。そう思うと一刻たりとも遊んで過ごすことは出来なかった。健次郎は以前にもまして勉学に励んだ。半面、祖国や会津に対する思いが強すぎたため、それが自由な思考を妨げたきらいがあった。

例えばキリスト教に対する見方である。留学生の多くはすぐにキリスト教を受け入れ、教会にも通ったが、健次郎はキリスト教には溶け込めなかった。会津藩黌《はんこう》日新館には孔子の像があり、儒教を強く叩き込まれたので、儒教の方がキリスト教よりは上だという観念が強くあった。だから誰に誘われても教会には足を運ばなかった。

それに比べると捨松は日新館教育とは無縁なこともあって、教会にも行き考え方が自由だった。おてんばぶりは街でも有名で、スカートの裾を翻して野原を駆け回った。健次郎はときおり、うらやましくさえ思った。会津では女子が渡米したことが信じられず、捨松は男子と思われていた。

「捨松は女の子だ」

と何度いっても信じようとせず、

「なに？　女の男か」

とわけが分からない会話になり、ついには口論にまでなったという話が伝わって来て、健次郎は苦笑した。

四年半ぶりの帰国

健次郎の滞米生活は四年目に入った。会津戦争のとき十五歳だった健次郎も二十一歳になった。英語を自由に操り、エール大学附属のシェフィード理学校を優秀な成績で卒業し、エール大学の二年生になっていた。信じがたい変わりようであった。

妹の捨松はすっかりアメリカの社会に同化した。感覚的にはもうアメリカ人だった。

「お前は日本のことが気にならないのか」

と健次郎が聞くと、

「全然、ここの暮らしはパーフェクトだわ！」

と屈託がなかった。健次郎は日本のことが気になって仕方がなかった。日本から留学生が来ると必ず訪ねて行き、根掘り葉掘り日本のことを聞いた。

当時、日本との通信は困難を極めた。一年に一、二回しか連絡がとれず、家族の安否など知る由もなかった。だから廃藩置県、廃刀令、征韓論、佐賀の乱などはもちろん、会津藩士が下北半島に築こうとした斗南藩が消滅したことも一向に知らずにいた。浦島太郎であった。だから一刻も早く帰国したかったが、卒業証書がなければ、これまでの努力は水泡に帰する。それが一番の心配だった。

健次郎がバチェラー・オブ・フィロソフィーの学位を得て、四年半に及ぶアメリカ留学を終えたのは明治八（一八七五）年五月であった。

「ケンジロウ、おめでとう」

と、誰よりも喜んでくれたのは級友のロバート・モーリスとハンドマン夫人であった。健次郎はハンドマン夫人との約束は必ず守ると改めて誓った。健次郎は物理学の基礎を学び、学位を得てようやく帰国の資格を得たのだった。

アメリカを去るに当たって健次郎は自分なりにアメリカをまとめた。アメリカは、まぎれもなく世界文明の先駆者であったが、その半面、暴力がはびこり、黒人に対するひどい差別があり、それらが混然と入り交じった不平等な社会であった。だが理不尽なことが度を越すと、市民運動が広がり、権力者に立ち向かう勇気があった。

「だから俺はアメリカが誇りさ」

と、親友のモーリスが自慢した。たしかにそうであった。黒人への差別もいつかはなくなるだろうと思った。ある人物が十数年間、ニューヨーク市長のポストを独占し、金銭を不正に使った事件があった。憤激したニューヨーク市民が市長を攻撃し、ついに市長一派が刑法に問われた。

健次郎は国内では差別される会津藩の出身である。それだけに差別や不正に対する批判的精神は人一倍強く、市民運動に注目した背景には、会津藩に対する不当な差別に対する反感もあった。

健次郎はアメリカで、物理学だけでなく、公正と正義も学んだ。これは健次郎という人物を知る上できわめて重要なことだった。

明治八年秋、健次郎は日本の土を踏んだ。四年半ぶりの日本である。二十二歳の青年になっていた。最短距離でのエール大学の卒業であり、彼がいかに努力したか、この卒業が証明していた。

健次郎の一家は東京に出ていた。横浜港には姉たちが迎えに来ていた。二人の姉はともに職業婦人になっていた。

廃藩置県で会津藩の再興も夢幻《ゆめまぼろし》となり、下北半島に移住した会津人は一部の人を除いて他に移り住んだ。下北に残ったのは少参事の広沢安任ら六百数十世帯、二千六百人前後で、そのほかは会津若松の八百数十世帯、三千数百人を筆頭に全国に散らばった。

兄浩は最初、浅草永住《ながすみ》町の観蔵院に一室を借り、母と妹の常盤の三人で暮らしていたが、土佐の谷干城の勧めで陸軍に入り、陸軍裁判所に職を得た。そこに明治政府を震撼させる征韓論が起こり、政府の方針に反対する西郷隆盛や桐野利秋らは鹿児島に帰国、一触即発の情勢となった。

そして「佐賀の乱」が起こり、操姉の夫小出鉄之助が反乱軍に捕らえられ、惨殺される出来事があった。山川家にとってこれは大きな悲しみだったが、兄浩は陸軍に入ったことで、どうにか生活も安定し、四、五人の書生を連れて、牛込若松町に移り住んでいた。

東京開成学校教授補として

健次郎の晴れ姿を見て母は絶句した。

「なんと立派になったこと」

と涙ぐみ、洋服姿の自分の息子をしげしげと見つめた。
「死ぬ気で頑張ったな」
と、兄も褒めてくれた。健次郎は祖父の位牌に帰国の報告をし、それから各官庁を回って挨拶をした。学士号を持っての帰国だったので健次郎の就職先はすぐに見つかった。本来は北海道の開拓のための官吏の養成だったが、物理学を学んだこともあって、健次郎の就職先は東京大学の前身、東京開成学校に決まった。役職は教授補であった。

健次郎は翌明治九（一八七六）年一月からここの教壇に立った。洋服にネクタイ姿の健次郎は、いかにもアメリカ帰りの若手教師といった風情で、颯爽としていた。母にも姉にも健次郎は自慢の種だった。この学校は安政四（一八五七）年に設置された幕府の学問所蕃書調所《ばんしょしらべしょ》に端を発する洋学校で、幕末の騒乱の際、昌平黌《しょうへいこう》や医学所とともに閉鎖の運命にあったが、明治二年復活した。大学南校と呼ばれた時期もあった。

東京開成学校は法学校、化学校、工学校、諸芸学校、鉱山学校の五つの専門学校から成っていた。教師は外国人が主で、物理学にはアメリカ人やフランス人の教授がいた。日本人教授は外山正一《とやままさかず》ら四人がいた。教授補は健次郎を入れて九人いた。

健次郎はアメリカ人教授のピーテェル・べダル（ピーター・ベーダー）の助手を務め、主に実験を担当した。授業は実験と教科書によるものがほぼ半々の形で行われ、健次郎は聴学、熱学、光学、電気学、電磁気学などを週三時間ほど担当した。最新の物理学を学んだ健次郎にとって授業はさほど困難なものではなかった。それよりも国内の政治や世界の動きの方に関心の目が向いた。

それは兄浩の家に同居していたためで、健次郎の周辺にはいつも旧会津藩の関係者が出入りし、そこには喜びや悲しみが交錯していた。

健次郎が科学者にありがちな研究第一主義ではなく、いつも世間とのつながりのなかで学問や教育を施すというスタイルを身につけていくのは、ひとえに生活の環境と無縁ではなかった。

また、恩人の奥平謙輔が萩で政治活動をしていることもあった。

第六章　魂触《たまふ》り～愛弟子と、妻と～

思案橋事件

明治九（一八七六）年十月、旧会津藩関係者に衝撃を与える事件が発生した。思案橋《しあんばし》事件である。健次郎は、首謀者の永岡久茂のことは兄浩からよく聞かされていた。斗南時代、永岡は少参事として兄浩を支え、下北の海に港を開き世界と貿易しようと夢を描いた熱血漢だった。

東京に出て来て政治活動をしていて、兄のところによく訪ねて来ては深夜まで話し込んでいた。湯島妻恋坂の辺りの借家に住み、子供たちに漢学を教えていた。会津藩でも三本の指に入る詩人で、その才能には定評があった。

大久保利通や木戸孝允の政治に強く不満を抱き、西郷派の薩摩人海老原穆《えびはらぼく》と『評論新聞』という雑誌を発行し、政府批判を行っていた。この雑誌は西郷が主宰する鹿児島の私学校の息のかかったもので、論説で岩倉具視、大久保利通、木戸孝允、大隈重信の暗殺を堂々と主張するなど、その過激ぶりは相当なものだった。

政府は執拗な攻撃に音をあげ、永岡のところに木戸孝允が使者をよこして外務省の官吏になることを勧めたが、永岡は受けなかった。兄はしばしば忠告したが、

「長州の奥平謙輔《おくだいらけんすけ》、前原一誠《いっせい》とも密に連絡をとっている。いずれ政府を叩きつぶす」

といって聞かなかった。兄はそれ以上はいえず、

「なにもなければいいが」

と心配していた。会津人として明治政府にはいい尽くせないほどの恨みがあり、それを晴らすことが悲願だと永岡はいった。永岡の住まいを世話したのも実は兄であり、永岡の心のうちは、兄が一番よく知っていた。最近、永岡が姿を見せなくなり、健次郎はどうしたのか気にしていた。

この頃、山川と永岡は仲違いし、旧会津藩士は山川派と永岡派の二つの派閥に分かれたらしいという噂が流れた。兄に問い質すと、「ふん」といってなにも答えなかった。

ところが十月のある夜、山川の家にかつての兄の同志である竹村幸之進が訪ねて来た。竹村は兄の側で狙撃隊長を務めた人である。戦争中は兄の行くところに必ず竹村がいた。

竹村は芝増上寺に設けた斗南藩学校の校長を務めたので、健次郎は竹村のことをよく知っていた。しかし竹村は、

「おう、立派になったな」

といっただけで険しい表情で、兄と二人きりで話し込んだ。あとで聞いたところによると、竹村はこの夜、兄に長州の反政府勢力の総帥である奥平謙輔、前原一誠と同時に政府転覆の武装蜂起を決行することを告げた。

事は重大であった。会津側の首謀者は永岡である。兄は健次郎にはこのことを伏せ、黙って

いた。奥平謙輔と前原一誠は健次郎の恩人である。健次郎が今日あるのは、二人の温情によるものだった。この話を聞けば健次郎も動揺するだろうと思い、兄は伏せたのだった。

竹村の気持ちは分かるが、決行は無謀であり、やめるべきだというのが、兄の考えであり、そのことを強くいったが、竹村は、

「決めたことだ」

と、言葉少なにいって帰ったというのだった。健次郎はなにも知らずにいたが、その夜から兄の顔色がすぐれなくなり、ふさぎ込んだ。それがなにか健次郎は知らなかった。そのうちに事件が起こった。十月三十日早朝のことである。兄はその日のうちに事件を知った。

「健次郎、困ったことになった」

兄は悄然とした顔で、竹村が予告したことを初めて語った。

「奥平先生と前原先生が蜂起された以上、永岡どのとしても動かざるをえまい」

兄は絞り出すような声でいった。奥平先生が武力蜂起するということは、よくよくのことに違いない。健次郎の衝撃は大きかった。

『郵便報知新聞』によると、三十日午前一時過ぎ、日本橋小網町の思案橋から下総《しもうさ》の登戸《のぼりと》までと、士族風の男十余人が船に乗り込んだ。その風体が怪しいため、船頭がひそかに警察に届け出た。第一方面第五署から警部補寺本義久、二等巡査河合好直、三等巡査木村清三らが駆けつけると賊徒はこうもり傘に仕込んだ日本刀で不意に斬り付け、寺本は斬殺され、河合と木村は重傷を負った。賊徒はその場で逮捕された。

このようなことが書いてあった。犯人の名前は書かれていなかったが、永岡に違いなかった。

「どうもへまをしたようだ」

兄は憮然たる顔でいった。それから続々と兄の元に知らせが入って来た。

同志の裏切り

奥平謙輔と前原一誠から兵をあげると電報を受け取った永岡は竹村や井口慎次郎、中根米七らの会津人と千葉県庁を襲おうと決起した。永岡の計画では千葉県庁を占拠したあと、佐倉鎮台の兵を味方に引き入れ、日光に立て籠り、会津人の決起を促し、萩の奥平、前原と東西呼応して、政府を転覆させようとした。兄が健次郎に言った。

「お前は警察に行ってよく事情を聞いてまいれ。奥平先生、前原先生のことも詳しくな」

翌日から健次郎は東京警視庁や永岡らが収監された鍛冶橋監倉署を訪ね、根気よく事件の概要を聞きまわった。

警視庁には佐川官兵衛がいた。佐川は会津藩きっての猛将として鳴らし、今は警視庁大警部として多くの旧会津藩士を率いて、ここに勤務していた。警視庁の創立者は薩摩の川路利良《としよし》である。川路は救済の意味も込めて会津人を巡査に登用し、そのリーダーに佐川を抜擢していた。

尋ねる健次郎に対して佐川は、

「同情はするが、なんとも致し方のないことになった」

と眉を曇らせた。

「奥平、前原両先生は、どうされたでしょうか」

「それは分からん。貴殿としては気になるところだろうが、いまは分からぬ。なんでも激しく戦っているらしい。お偉方は大慌てじゃ」

「本当ですか」

「声が大きいですぞ。なにせ反逆罪ですからな。まあいい気味でござる」

佐川はぎらりと、目を光らせた。

「永岡どののことだが、実は根津金次郎が密告したのだ。健次郎どのも知っておる男だ」

奥平のことで呆然としている健次郎に、佐川は驚くべきことをいった。健次郎は根津という男をあれこれ考えてみたが、一向に思い当たるふしがない。

「昔、平山といった」

「平山？」

健次郎の頭を平山という名がぐるぐるとめぐった。平山というのは主一郎しか思い当たるふしはない。健次郎がアメリカに行く前に斗南藩学校で同級生五人で写真を撮ったことがあった。五人とは平山主一郎、小川伝八郎、柴茂四郎、木村丑徳と健次郎である。平山は細面の好男子だった。永岡の門下に入ったと聞いていたが、今回の事件には名前が出ていなかった。

「密告というとどのような」

健次郎は佐川の角ばった顔をのぞき込んだ。佐川はにがり切った顔をした。明らかに不快の表情である。

「事件の前夜、平山が川路大警視のところにタレ込んだのだ」

佐川は吐き捨てるようにいった。こともあろうに川路大警視に密告とは、会津人とも思えぬあまりにも卑怯な振る舞いであった。

「これは内緒の話だ。世間に漏れると、俺の立場がなくなる」

と、佐川がいった。健次郎はどん底に突き落とされた気持ちで警視庁をあとにした。

兄浩は健次郎の報告を歯ぎしりしながら聞いた。兄の顔は恐ろしいほどにゆがみ、歯をカチカチと鳴らした。その表情で兄がこの事件をどう思っているか一目瞭然だった。兄は内心、永岡久茂を支援していたようだった。こうなった以上、死刑は免れないというのは大方の話だった。健次郎はそれから何日か佐川のところに通いつめた。

萩の乱は切り捨てられた者たちの反乱

萩の乱の概要も、徐々に分かってきた。健次郎の恩人、奥平謙輔と前原一誠は、どこかで時代の流れに逆らう形になっていた。奥平が故郷萩に帰ったとき、萩では騒動が起こった。

長州藩は戊辰戦争で奮戦した奇兵隊、遊撃隊、干城隊、整武隊などの諸隊を解散し、その精鋭のみを国の常備軍に再編成する改革案が進行していた。

戦争が終わった以上、余分な兵力は必要なく、国家による再編はやむをえないことだったが、そのやり方に問題もあった。戊辰戦争の戦死者に対する香火料がたったの三両というのも論外だった。要は使い捨てだった。参議の木戸孝允は兵をもって反乱分子を鎮圧する強硬姿勢を打ち出した。

「木戸めが！」

奥平と前原は切り捨てられた反乱分子に同情した。二人はそういう人であった。相手が木戸というのも宿命といえた。それが萩の乱となって爆発した。奥平と前原とはこの場合、保守の立場だった。日本精神を忘れ、西洋を模倣し、急速に近代化を進める木戸は、「君側《くんそく》の奸《かん》」だと攻撃し、天皇に直訴すると主張した。木戸は、

「一身上の不平から良民を迷乱させている。実に男子の恥なり」

と二人をなじり、対立はますます深まった。かくて奥平と前原は同志百五十人と山口県庁を襲うべく挙兵した。しかし政府軍の行動は早く、奥平らは萩を出たところで包囲された。

出動した政府軍は広島鎮台山口駐屯地の約四百に大阪鎮台の歩兵一大隊と砲兵一小隊という強力なもので、反乱軍に勝ち目はなく、奥平の軍は次第に押されて、逃げ惑う羽目に陥り、十一月に入って奥平と前原ら幹部が逮捕された。

「もはや政府に武力で楯つくのは、無理というものだ。生きることは難しい」

兄は言葉少なにいった。前原も奥平も結局のところ情の人であった。人に頼られればいやとはいえないところがあだになった。思案橋事件で重傷を負った永岡は未決監獄内で獄死し、奥平と前原は斬首された。

健次郎は複雑な思いだった。奥平と前原がどのような罪状であるにせよ、二人が恩人であることになんら変わりはなかった。二人はやむにやまれず蜂起したに違いないと健次郎は思った。

健次郎はこの日から奥平の書を自分の部屋に飾った。誰がなにをいおうが、奥平は恩人だった。日本はどこかでまだ国論が固まっていなかった。やがて鹿児島で爆発する。

西南の役、西郷の反乱

今度は反乱の中心人物がなんと西郷隆盛だった。明治政府部内の権力闘争である。鹿児島は不穏な空気に包まれた。

明治十（一八七七）年一月、政府側が鹿児島県の弾薬庫の大砲や弾薬を県外に運び出そうとしたことが騒乱のきっかけとなった。加えて西郷暗殺計画が露見したことで、西郷軍一万三千がついに蜂起した。東京の鹿児島県人は続々帰郷して西郷軍に加わった。西郷軍は二月二十二日、熊本城を包囲した。

皮肉なことに、この戦争が兄浩の転機になった山川の家には会津人が日々集まり、

「会津の雪辱を晴らさん」

と出兵を希望した。熊本城を守るのは兄の恩人、土佐の谷干城である。援軍の要請は必至だった。

「先生、電報です！」

書生がバタバタと廊下を走り、熊本への召集を伝えた。屋敷に万歳の声が響き、兄浩は久しぶりに軍服に着替えた。このときの政府の狼狽は相当なもので、健次郎は再三、右大臣の岩倉具視に呼ばれ、

「会津から兵を募り、薩摩征伐に行ってくれ」

と要請された。正直いって、これは不快だった。岩倉は謀略の限りを尽くし倒幕に奔走した人間である。どれだけ会津が苦しめられたか。

「冗談じゃない！」

健次郎の腹のなかは複雑だったが、兄浩は、

「それとこれとは別だ。これ以上、国論を混乱させるべきではない。ここは政府のために全力を尽くすことが会津のためでもある」

といい、山田顕義少将率いる別働第二旅団の右翼隊長として五個中隊一千の兵を率いて東京を出発した。兄浩は四月早々に熊本城に着き、熊本城への突入に成功した。籠城五十日、疲労困憊の政府軍にとって兄が率いる右翼隊はまさに地獄に仏だった。

この西南戦争で会津からも多くの犠牲者が出た。東京警視隊の一等大警部佐川官兵衛の鹿児島での戦死は、会津人を悲しませた。佐川は鳥羽伏見の戦争、越後での戦い、会津戦争といつも獅子奮迅の戦いを見せ、会津に佐川ありと敵を震え上がらせた。抜刀して斬り込み、敵の銃弾に倒れた佐川の死は会津魂の発露であった。

西郷軍は次第に追い詰められ、約五千の戦死者を出し、半年後に西郷の死をもって終焉した。山川家にようやく静寂が戻った。兄浩は帰京すると陸軍裁判所に戻り、健次郎はようやく研究に没頭出来るようになった。

日本の物理学の夜明け

健次郎が勤務する東京開成学校は東京医学校とともに明治十（一八七七）年四月、東京大学に改編され、健次郎は東京大学理学部教授補に横すべりした。教授は全員、外国人だったが、外国に留学していた日本人が帰り始め、教授補は大半、日本人であった。

数学の菊池大麓《だいろく》はケンブリッジ大学で数学と物理学を学んだのち帰国、化学の熊沢善庵《ぜんあん》はドイツから帰国、同じ化学の外山正一はミシガン大学からの帰国組だった。

当時の東大の物理学科は正式なものではなく、フランス語物理学科といった。正規の物理学科の誕生は翌明治十一年で、主任教授は翌年アメリカのオハイオ農工専門学校から来たメンデンホールだった。もう一人、工学部にエジンバラ大学で物理を学んだユーイングがいて、物理学科の授業も受け持ってもらった。学生は田中正平、田中館愛橘《たなかだてあいきつ》、藤沢利喜太郎、隈本有尚の四人が第一期生として入学した。

健次郎は二年間、助教授をつとめ、日本人として初めて物理学講座の教授に就任、外国人の壁を破るのである。当時の物理学科は一に数学、二に数学、三に数学だった。第一学年の場合、微積分が週五時間、円錐曲線法三時間、力学三時間で物理の講義はなかった。

この頃、物理学を学ぶ学生はきわめて少なかった。明治十三年から十四年の一年間、健次郎が教えた学生はわずかに四十人ほどだった。化学科、星学科に加えて工学部の学生も含めた数字である。三年生になると物理光学、熱学、音響学などの講座が増えた。毎日、蝶ネクタイを締めて大学に通う健次郎は自宅界隈の注目の的だった。

物理学とはなんぞや。

日本における物理学の始まりはなんと江戸時代であった。すでに多くの学者が注目していたが、一般的には米欧使節団による導入だった。使節団の一人、伊藤博文はロンドンに滞在中、知り合いのジャーデン・マジソン商会に行き、日本の科学技術の振興について意見を聞いた。するとスコットランドのグラスゴー大学のランキン教授を紹介され、工学の基礎となる数学、物理、化学をしっかり学ぶことだと教えられた。ランキン教授は有名な物理学者で、伊藤は帰国後、早速この問題に取り組み、東京大学に物理の講座を開かせた。

近代科学の幕開けはガリレオ・ガリレイによって始まった。ガリレイは日本でいえば、ポルトガル人が種子島に鉄砲を伝えたときからほぼ二十年後に生まれている。彼は地球が動いていることを示す慣性の法則を発見した。

慣性の法則とは何か。

地球が動く？　それはとんでもない話だった。もし地球が動くならその上に住む人は振り落とされてしまうではないか。天動説を唱える人々はそういった。いや違う、地球が動いているのだ、といって数々の実験をしたのが、ガリレイだった。

物理学とは宇宙の現象に対する科学者としての挑戦だった。こうして物理学が誕生した。

健次郎は熱弁を振るって学生たちに講義した。学生はいつも数人と少なく、狭く小さな教室で行われたが、健次郎には若い頃から眼光人を射る鋭さがあり、声も大きく、怖い先生だった。

しかも講義は英語であり、学生は徹底的に教育された。学生は物理の教科書を丸暗記して授業に臨んだ。

遅咲きの愛弟子

当時の東京大学は外国人教授から日本人教授への転換期に当たり、健次郎は外国の専門雑誌の最新論文を読んで聞かせ、必ずそれを実験した。電気アーク灯が初めて現れたときは、実際に電池を作って光を灯してみせた。またX線が学術雑誌に初めて現れたときも助手をガラス細工屋に弟子入りさせ、真空管を作らせ、空気ポンプを使ってついに成功させた。

健次郎はじっと立っているのが嫌いで、部屋にいるときは、いつも読書をするか詩を吟じていた。「三つ子の魂百まで」というが、少年時代に薫陶を受けた漢詩は、アメリカに行っても忘れることはなかった。授業が始まると学生がたった一人でも、決して手を抜くことはなく、教壇を闊歩しながら、あたかも軍隊を指揮するかのように激しい声で講義した。時間はいつも正確で、始業の鐘が鳴り終わらぬうちに姿を現し、終業の鐘が鳴ると同時に授業をやめた。

打つ鐘のあとよりはいる山の川、声ぞ積もりて熱となりぬる

学生の一人がこう詠《よ》んだ。まさにぴったりの授業風景だった。四人の物理学専攻の学生のなかで健次郎の目に止まったのは、田中舘愛橘《たなかだてあいきつ》だった。

「先生は会津ですが、私は南部藩です。薩長が憎くて仕方がありません」

初めての言葉が意表をついていた。どこか南部訛りのトツトツたる弁だった。愛橘はもともと物理とは無縁の男だった。生まれは盛岡の在の二戸《にのへ》郡福岡で、父は南部藩の兵法師範だった。最初の名前は彦一郎だった。南部藩に届けると藩主の一族に彦太郎がいるのでだめだという。それではと恒太郎にした。すると「お恒さま」という姫がいるのでまたもだめだという。気の毒に思った代官の中島六郎兵衛が愛橘と付けてくれた。多少、読みにくい名前だった。以来、愛橘は何事も一度で出来ず、二度、三度とやり直す癖がついた。いうなれば遅咲きの傾向があった。母方の実家は神官で、一族は歌学、国学に秀でていた。武士の子なので、ものごころつくや武芸に励み、鉄砲も撃った。七歳で母を失ったときも、

「涙を見せるな」

と厳しくいわれ、堪え切れなくなると人のいない部屋に行って泣いた。

「先生、秋田の連中は実にけしからん！」

酒が入ると愛橘はいつも憤慨した。

「うん、まあそうだ」

健次郎も秋田のことになるとつい愛橘の肩を持った。南部藩も会津とともに奥羽越列藩同盟に加わり、薩長と戦ったが、隣の秋田藩が突然、裏切ったため、秋田と戦争する羽目になった。多くの南部藩士が秋田に攻め入り、お互いに多数の死傷者を出した。

敵は薩長だというのに、本来味方同士であるべき盛岡と秋田が争うことになったのだ。これは薩長の思うつぼで、事態を重く見た仙台藩は秋田に使者を送り、事実の確認に当たったが、

秋田藩は仙台の使者も斬殺した。仙台は大いに怒り、秋田に兵を出し、東北は内乱状態になってしまった。そのうちに会津は敗れ、南部藩も降伏せざるをえなかった。

　もとはといえば戊辰戦争は会津と薩長の戦争だった。しかし京都守護職として帝《みかど》に忠勤を励んだ会津が、朝敵というのは納得出来ないと、仙台や米沢、盛岡の諸藩も立ち上がり、ともに戦ってくれたのが、あの戦争だった。

健次郎に魅せられる愛橘

「南部の方々にもご苦労をかけてしまった」

　健次郎はしんみりした顔になるのだった。勝てば東北・越後の政権が誕生したであろうが、負ければ賊軍である。敗者は明治の社会で辛酸をなめる結果となった。

　南部藩は若き家老楢山佐渡《さど》が責任をとって自刃した。南部藩の人々は両刀を取りあげられ、月代《さかやき》を剃ることも禁じられ、愛橘は悔しくて悔しくて、何度も泣いた。南部藩の明治は楢山佐渡の汚名をどう雪ぐかだった。

　愛橘は明治二年、十四歳のとき盛岡に出て和学を学び、翌年、父と一緒に東京に出た。はじめ福澤諭吉の慶應義塾に入って英語を習い、少しブランクがあったが、明治九年、二十一歳のとき東京開成学校予科の門を叩いた。予科はその後予備門に変わるが修業年限は二年だった。

　このとき健次郎は予科の授業も持っていて、愛橘を教えた。健次郎は授業の合間に時事問題を話して聞かせた。予科の学生にはそれが堪らなく面白かった。

愛橘の回想録にその授業のことが書いてある。

「フランクリンとかフレネルとか学者の名前が出れば、フランクリンは政治家であって理学の趣味に富んでいたとか、フレネルは晩年まで苦学したとか、あるいは、先生が会津籠城のとき、砲弾が頭上で破裂すれば、丸《たま》の来た方向に向かって逃げたという話もされた。これは丸が飛んできた速度と破片の速度とを合成すれば、丸の来た方向に飛ぶ破片は速度が小さいので、危険は少ないからだと説明された。このような教科書にないことを聞かされて、西洋の学問はそういうものか、天下国家を論ずるだけが学問ではないと感じた」

愛橘は健次郎に魅せられた。会津の籠城戦を例に物理学の面白さを論じたのは、健次郎ならではのことであった。予科の卒業式のとき健次郎はブンゼン電池七十個を使ってアーク灯を点じてみせ、日本初の電灯を披露した。

「凄いなあ」

愛橘ははしゃいだ。その愛橘も本科に進むとき法科か理科かで大いに悩んだ。東京大学の学生は法科に進み、官吏の道を目指すのが一般的で、理科は珍しい時代だった。理科志望の学生も土壇場になると迷ってしまい、願書を二枚書いて、事務所の前を右往左往する者もいた。

死を覚悟しての勉学

愛橘の最終判断の決め手になったのは、国家を治める道を考えると、西洋の哲学には、和学を上回る思想は見当たらない。理科は西洋に学ぶことが多々ある。かくなる上は理科を学んで国家に貢献したいということだった。しかし父親がなんというかが問題だった。

「物理や天文を専修して飯が食えるかッ」

と反対されるに違いなかった。黙って進学すれば、授業料は払ってもらえない。恐る恐る伺いを立てた。結果は意外だった。

「家名のことなど気にするな。物理学で世界のために役に立てばそれでよい」

という返事だった。父親は偉いとそのとき思った。愛橘はときどき、

「やらねば殺される」

と妙なことを口ばしった。

「誰に殺されるのか」

と健次郎が聞くと、

「親父です」

と愛橘がいった。健次郎は驚いた。自分にも同じようなことがあったからだ。兄の一喝である。武士はいつも死を覚悟して生きて行く必要があった。愛橘も死と直面しながら勉強しているのか。健次郎は愛橘に親近感を覚えた。

明治十一年九月、愛橘は物理学科の第一期生として進級して来た。愛橘の勉強ぶりは同級生のなかでは抜きんでていた。徹夜は平気で、予習、復習を欠かさず、寝ないで頑張る。そんな生活は続くはずはないのだが、本人が大丈夫だという。そのうちに顔色が悪くなり、げっそり痩せた。

「少しは寝たらどうだ」
と、健次郎は注意したが、
「これしきのこと」
といい張る。そのうちにバッタリ倒れた。すると、どこで聞いたのか、栄養をつけるんだと肝油をご飯にかけて食べ始めた。肝油がいいとなれば、寝ても覚めても肝油である。何事も夢中になるとブレーキが利かなくなる性癖があった。服装は無頓着で着たきり雀、外出すれば帽子は忘れる、傘は忘れる、ひどいものだった。

自慢は大食いで、汁粉屋で十二杯も平らげ、褒美に汁粉で染め抜いた手ぬぐいをもらい、その手ぬぐいが自慢だった。健次郎はこうした体当たり精神に共鳴し、卒業したらこの男を大学に残し、将来はドイツに留学させたいと考えた。がむしゃらに体当たりでついてくる田中館愛橘という弟子を得たことは、健次郎にとってなにものにも代えがたい財産だった。授業にも弾みがつき、健次郎のオクターブは上がる一方だった。

物理は実験が大事である。しかし器材はなく、まずそこから手配しなければならなかった。いまも発明、発見の現場は同じようなものだろうが、寝食を忘れて没頭しなければ、新しい研究開発は困難だった。

東大物理学教室は会津藩と南部藩という師弟コンビで研究が始まった。そこには賊軍の子弟という共通の反骨精神があった。毎日、夜中まで研究した。健次郎は教室に泊まり込むこともあった。

嫁探し

「先生、結婚はしないんですか」

愛橘は聞いた。

「うん、まぁ」

健次郎の返事はあいまいだった。実はこの頃、健次郎に縁談が持ち上がっていた。女系家族なので、姉たちが健次郎を放ってはおかなかった。

「お前の嫁を探しています」

双葉姉が健次郎に釘を刺した。

「そうです。健次郎女子《おなご》のことは分からぬから、すべて姉に任せなさい。もちろん士族の娘でなければなりません」

操姉もいった。健次郎の結婚にはうるさそうであった。健次郎は黙っていた。当時、双葉姉は東京女子師範学校に勤めており、周囲には女学生が大勢いた。操姉も、

「そこの生徒がいい」

という。生来、二人の姉にはまったく頭が上がらなかった。健次郎は体が弱く、青瓢箪《びょうたん》だったが、二人の姉はそろって体が頑丈で気が強く、いい出したらあとに引かない性格だった。加えて派手好みだった。

この家はよほど外国に縁があるとみえ、操姉はロシアに留学し、帰国すると東京在住のフランス人の家に住み込んで働き、フランス語を学んでいた。ときおり帰って来ると屋根に上って

雨漏りの修理をしたり、書生にフランス語を教えたりしていた。性格も派手で、黒紋付きの着物に模様を縫いつけたりして着こなしていた。

健次郎はアメリカ時代、恋人はいなかった。アメリカ人と結婚する気はまったくなかったので、ガールフレンドもつくらなかった。帰国してからも、これという女性には出会わなかった。

「嫁は姉たちに任せておけ」

兄浩もいった。その線で決まりだった。健次郎はこと女性に関してはウブでとても洋行帰りとは思えぬところがあった。よくいえば勉強一途であった。健次郎は多分、師範学校の生徒を選ぶのかと思っていたが、実際はまったく違っていた。

双葉姉にいわせると、女子師範の生徒は頭はいいが、美人はいない。東大の先生ともなれば、なにかと夫妻同伴の会合もあろう。そうなると妻は美人がいいというのが姉たちの考えだった。なにせ二人とも独身である。双葉は再婚をせず、ずっと独り身だし、操も夫を佐賀の乱で失った。なにか夢中になるものが欲しい。それが弟の嫁選びだった。

「いい娘《こ》を見つけたわ」

双葉姉がいった。双葉が見つけたのは、毎朝、自宅近くを通りかかる女学生だった。ほっそりした美人であった。双葉は学校まで付いて行き、浅草の柳北女学校の生徒であることを確かめるや、今度は自宅を訪ね交渉する熱の入れようだった。

女学生は唐津藩士丹羽新の次女鉚《りゅう》で、母はかつて佐賀唐津藩で腰元をしており、美貌は母親ゆずりであった。のちに健次郎は獅子と呼んでいる。性格もはっきりしていて、礼儀作法もしっ

かりしており、二人の姉は、

「この娘こそ健次郎にふさわしい」

と折り紙をつけ、写真をそえて家長の浩に報告した。

「健次郎がよければ、異存はない」

浩も賛成した。母も異存はなかった。

「健次郎、いいですね」

双葉姉が念を押した。もはや健次郎に反論の余地はなかった。数日後には見合いをさせられ、結婚話はトントン拍子に進み、二人は明治十四（一八八一）年四月、華燭の典をあげた。健次郎二十八歳、銕十七歳だった。妻は女学校をやめて健次郎を甲斐甲斐しく世話し、健次郎は毎朝、アイロンをぴしっとかけた洋服で出勤した。

第七章　清　貧　〜使命は人育て〜

人を育てることこそ！

結婚しても健次郎の研究生活は変わらなかった。田中館愛橘は興味津々と見え、

「先生、新婚はいかがなものでしょうか」

とよく聞いた。

「君は同じことを何度もいうね。君もはやく結婚をしたまえ」

というと、愛橘は真っ赤になって、

「とんでもないことです。考えたこともありません」

と否定した。健次郎は自分の研究もさることながら、教育に関心を深めていった。一般に大学教授は研究第一主義といって、学生を指導するよりは、自分の研究を最優先させる傾向が強かった。学者にとって研究こそもっとも大事なことだが、すべての教師がそうであっては困る。学生を教育することは研究と並んで重要だと健次郎は考えた。

そこがほかの学者と健次郎の異なるところだった。かれは自分一人だけのために国費を使って勉強して来たのではないという思いが強かった。今日あるのも、何人もの人に助けられた結

果であり、自分が歩んで来たこれまでを振り返れば、それは当然のことでもあった。

アメリカでも、何人もの人が健次郎の勉強を支援した。その結果が、いまの自分なのだ。研究に徹し、発明、発見をして世界の科学技術の発展に寄与する道もあるが、人を育てることも大事ではないか。発明、発見が倍、倍に増えて行く。そんな仕事も大事ではないか。健次郎はそう思うようになった。

「健次郎、お前は人の役に立つ人にならねば、爺さまに叱られますよ」

母はいまもこの言葉を口にした。幸い田中館愛橘という弟子にもめぐり会えた。出来るだけ人を育てたい。健次郎はそのことを心掛けた。研究者であると同時に人格高潔な教育者、山川健次郎のスタートであった。

会津魂

独立した住まいも見つけた。弟子たちが来やすい環境を作る意味もあった。小石川初音《はつね》町の古い屋敷を借りて新居にした。この界隈は田園の雰囲気が残っており、やや高台になっていて切支丹坂から第六天町が一望出来た。屋敷の周囲は広い雑木林で、あちこちに畑もあった。家は田舎臭く、弟子の愛橘が借りている外国風の住まいに比べれば、破れ別荘のようだった。

「先生、もう少しなんとか」

と愛橘がいった。

「なにをいっておる。住まいなど雨が漏らなければいいのだ」

と健次郎がいった。八畳の応接間の床には恩師奥平謙輔先生の軸と季節の花を生けた花瓶をおいた。これは以後、変わることがなかった。

会津若松の人々はいまも長州憎しで、萩とは握手をしないが、健次郎は違っていた。もし現在の会津若松の状況を聞いたら健次郎はどう答えるか。興味深い。

横の欄間には会津藩の家訓十五か条を書いた扁額を掲げた。

一、大君の儀、一心大切に忠勤に存ずべく、列国の例をもって自ら処《お》るべからず。若《も》し二心を懐かば則《すなわ》ち我が子孫にあらず。面々決して従うべからず。

一、武備を怠るべからず。士を選ぶを本とすべし。上下の分を乱るべからず。

一、兄を敬い、弟を愛すべし。

一、面々依帖贔屓《えこひいき》すべからず。

一、近侍の者をして人の善悪を告げしむべからず。

一、法を犯す者は宥《ゆる》すべからず。

一、若しその志を失い、遊楽を好み、驕奢《きょうしゃ》を致し、士民をしてその所を失わしめば則ち何の面目あって封印を戴き、土地を領せんや。必ず上表蟄居《ちっきょ》すべし。

扁額にはそのようなことが書かれてあった。健次郎の家を訪れた人は、いやがおうでもこれが目に入った。憲法ともいうべきこの教えを制定したのは、会津藩の藩祖保科正之《ほしなまさゆき》だった。正之は二代将軍秀忠《ひでただ》の第四子、三代将軍家光《いえみつ》の異母弟である。つまり神君家康の孫であった。七歳で信州高遠城主保科正光の養子になり、信州高遠城主、山形の出羽最上城主を経て三十三歳のとき、会津二十三万石の城主になった。健次郎の家は信州高遠以来の保科家の家臣で、主君について山形を経て会津に来た。

家光の死後は四代将軍家綱《いえつな》の後見役として江戸に在勤、幕政に大きな影響力を持った。正之以後、会津藩主は徳川家発祥の松平の姓を賜り、幕府親藩の地位にあった。

この家訓の第一条は「会津藩は幕府に殉ぜよ」というもので、その心得のない主君は即刻退陣せよと明記されていた。いったん幕府に危急が迫れば、ただちに江戸に向かい、幕府を守ることが会津藩の使命だった。そのためには武力を磨き、結束して事に当たることであった。

愛橘が初めてここに来たとき、健次郎は会津藩の家訓を前に、幕末における会津藩の立場を説いた。幕末の会津藩の行動は純粋無垢のものだった。薩摩や長州が台頭して、反幕府運動を繰り広げ、京都が騒乱状態になったとき、会津藩はこの家訓の存在によって京都に上る羽目になった。担ぎ出したのは徳川慶喜や越前藩主の松平春嶽《しゅんがく》だった。

「主人松平容保は魂の清らかな、立派な人だった。藩祖保科正之公の家訓を守り、京都守護職として懸命に努力したのだ」

健次郎がいった。しかし歴史は残酷だった。徳川慶喜や松平春嶽は情勢が悪化すると、すべての責任は会津にあると罪をなすりつけ、自分たちは生き延びた。

「我々だけが、幕府に殉じ、何千という人々が戦死し、国を失ったのだ」

そう語る健次郎の沈痛な表情を見て愛橘は会津藩の傷の深さを知り、愕然とした。

「先生の気持ちはよく分かります」

愛橘がいった。

「会津とはそういうところだ」

健次郎が目を潤ませた。

「はい」と、愛橘はうなずき、感激してぼろぼろ涙を流した。

健次郎は生涯、この考えを変えることはなく、会津魂が精神的支柱となっていた。

東京理科大学の創設

その健次郎が大学行政家としての手腕を示す最初の出来事は東京物理学校の創設だった。現在の東京理科大学である。

東京大学理学部で学んだ数人の卒業生の間で、科学の振興のために物理学校を作ろうという話が持ち上がった。東京大学の学生はほんの一握りである。国民的レベルで物理を学び、日本の科学技術を発展させるには、広く一般から学生を集める物理学校が必要だった。健次郎は率先して協力した。

明治十五（一八八二）年七月、健次郎は二十六歳の愛橘を卒業と同時に東京大学準助教授に抜擢した。

「頼むぞ！」

健次郎が手を差し出すと、愛橘はハンカチで目頭を拭き、やがてオンオン泣き出した。愛橘は健次郎の期待に応えて頑張り、その年のうちに助教授に昇進し、主任教授となった健次郎を助けた。

行先なき女子留学生

この年の十一月二十一日、アメリカで勉強していた捨松が十一年ぶりに帰国した。幼かった捨松が二十三歳になっていて、表情も体格もすっかり大人になっていた。名門女子大バッサーカレッジで国際政治学を学び、優秀な成績で卒業しての帰国だった。この日、港には双葉と操の二人が出迎え、牛込の兄の家に捨松が着いたのは夕方だった。

健次郎が心配した通り捨松は日本語を忘れてしまい、すっかりアメリカ人になっていた。このため健次郎の通訳で家族と話をする始末だった。母親は捨松の英語に当惑し、すぐ上の姉常盤の息子は火がついたように泣いた。見たこともない不思議な服装の「おばちゃま」が突然現れ、妙な言葉で話すのだからびっくり仰天したのだった。

健次郎は、アメリカ人を迎えるつもりで自宅の改造を進め、西洋家具を入れ、風邪をひいては大変と四六時中、火鉢の炭を真っ赤におこした。

山川家の人々は、捨松の扱いに苦慮した。留学するときとはすっかり事情が違っていた。北海道開拓使はもう女子を必要とはせず、女子留学生の扱いは文部省に移っていた。

男子ならいくらでも各省庁に任官の道があるというのに、政府は帰国した女子留学生をどう扱うか、なにも考えていなかった。

「健次郎、お前が考えなさい」

母親からいわれ、どうすべきか健次郎はあれこれ考えた。

「お兄さん、日本はどうなっているの。アメリカでは女性も社会に出て活躍してるわ」

捨松は健次郎に不満をぶつけた。捨松は、祖国のためにアメリカに渡り勉強して来たのだ。帰国してみたらなにも仕事がないというのは、だまされたも同然だった。日本語も十分に話せず、捨松はアメリカに帰りたいと毎晩泣いた。

「捨松がかわいそうではないか」

兄浩も怒った。なにぶんにも薩長藩閥政治の時代である。賊軍の会津は発言権もなく山川家の人々は捨松の扱いをめぐって針の筵《むしろ》の日々だった。

健次郎は焦る捨松をどのようにしてなだめるか、頭が痛かった。あれこれ思いをめぐらせたが、一向にあてがない。一か月、二か月と時間がたつにつれて捨松は日本の社会に失望し、焦燥感を深めていった。母は、

「アメリカなどにやらなければよかった」

とさめざめと泣いた。


「仇」に嫁ぐだって?

その捨松の身に驚くべき出来事が起こったのは、翌年の明治十六(一八八三)年だった。事

もあろうに薩摩出身の参議陸軍卿大山巌《いわお》が求婚してきたのである。彼は夫人を亡くし、このとき三人の娘を抱えて途方にくれていた。大山は西郷隆盛とは従兄弟で、幼名は弥助といい、薩摩藩大砲隊の一人として会津の戦いにも参戦、会津城を見下ろす小田山に大砲を運び上げ、連日連夜、砲弾の雨を降らせた人物だった。

若い頃から兵器の開発に興味を覚え、明治三年にはアメリカ、ヨーロッパをまわり、いったん帰国後フランスに留学した。十年は滞在するつもりだったが、明治七年、呼び戻され、西南戦争では兄と仰いだ西郷を攻撃する苦しみを味わった。母は、

「そんなことは許されません」

と血相を変えていった。兄浩も「ならぬ」と即座に断った。しかし大山はあきらめなかった。亡き妻の父吉井友実《ともざね》を通じて再び求婚して来た。相手は陸軍の最高責任者である。

山川家にとっては、扱いに苦慮する事態となった。もともと大山に捨松を推薦したのは、留学生仲間の永井繁子だった。大山はこれからの自分の立場を考えれば、アメリカの大学を出た才色兼備の捨松は願ってもない話であった。

健次郎が、

「お前はどうなのだ」

と聞いた。二人の姉は今度ばかりは歯切れが悪かった。一応は反対だったが、女は「結婚だ」という意識もあり、

「お前に任せます」

と健次郎にいった。健次郎の妻鉚は、
「私ならいやです」
といった。それが普通の感覚であった。捨松は二、三日呆然としていたが、
「会ってみなければ、なんともいえませんわ。日本の女性とは違った反応だった。しかし大山は
といった。アメリカで育ったせいか、日本の女性とは違った反応だった。しかし大山は
四十二歳、捨松は二十四歳である。十八も開きがある。
健次郎はときおり溜め息をついた。母も兄も反対だったので、捨松は最初は会わずに断った。
相手は政府の高官である。会えばいっそう断るのは難しくなる。ところが大山は絶対に引かな
い。ついには農商務卿で西郷隆盛の弟、西郷従道《つぐみち》が山川家に姿を見せ、説得に乗り出した。
結局、捨松は会わざるをえなくなり、何度かデートを重ね、捨松も納得し、三か月後には、
結婚の約束を交わした。捨松も大山という後ろ楯を得て、社会に役立つことが出来るのではな
いか。健次郎はそんなことも思ったが、内心は複雑だった。
それは捨松のなかに、どこか諦めがあるように感じられたからである。健次郎は捨松がかわ
いそうでならなかった。同じアメリカで学んだ人間として残念無念であった。
心配した留学生仲間の津田梅子が、
「捨松、本当にいいの」
と聞いた。
「いいの、ここからなにかが始まるわ」

と、捨松がいった。梅子には、それは本心とは思えなかった。捨松が大山との結婚に踏み切ったのは、女性が独身でいては、なにも出来ない日本の社会に絶望して、結婚の道を選んだに違いないと思えた。多分にそういう部分もあったに違いない。

上流社会の結婚式となれば衣装も大変だった。夜会用やレセプション用の派手なドレスが次々と持ち込まれ、あれこれの心労で痩せてしまい、母も姉も心配のしどおしだった。

華やかな捨松の結婚式が終わると、山川家の人々は、またもとの生活に戻った。健次郎はせっせと大学に通い、研究と教育に励んだ。

大村藩士長岡半太郎

健次郎は黙々と研究しているよりは、教えている方が性に合った。兄の家にはいつも書生が三、四人はおり、ときには健次郎が勉強を見てやった。同郷の若者が山川家を頼って上京すると、兄は可能な限り面倒を見た。兄は陸軍少将なので、かなりの給与をもらっていたが、なにせ大家族である。兄の給料だけでは賄えず、健次郎も給料の一部を母に出した。

健次郎は後継者の育成に熱中していた。東京大学で物理学を専攻する学生は年間一人か二人であった。まさに金の卵である。学生がいなくなれば、日本の科学技術の振興にブレーキがかかる。いい学生を見つけることが、健次郎と愛橘に課せられた課題でもあった。

「先生、理学科に頭の切れる男がいます」

と愛橘がいった。

「そうか館さん、その男を必ず取ってくれ」

と健次郎がいった。愛橘はいつの頃からか「館さん」と周囲から呼ばれていた。同じように
メンデンホール教授は「メン公」、ユーイング教授は「ユー公」と呼ばれていた。

学生の名前は長岡半太郎《はんたろう》（後に大阪帝国大学総長　日本初の文化勲章受章）といい、長崎県大村の出身だった。健次郎は気になって理学科の教室をのぞいて見た。半太郎は目元の涼しい端整な顔だちの青年だった。

大村藩士だった長岡治三郎の長男で英語、ドイツ語にすぐれ、物理を専攻したいと周囲に希望を漏らしていた。愛橘がそれを聞き込んだのだった。

父治三郎は岩倉具視とともに欧米を視察してきた人で、当時としては相当の知識人だった。治三郎は出発するとき、大小を差し、チョンマゲ姿だったが、途中で髷を切り、洋服に着替えて帰国した。切り替えの早い人だった。

洋行の土産は西洋料理の道具一式で、母はその使用法を教わるためにドイツ人のところに通った。帰国した父は半太郎を上座に座らせ、

「半太郎、父の教育は間違っていた」

と息子に頭を下げた。

「これまで漢学ばかり学ばせて来たが、欧米では漢学など学ぶ者はおらぬ」

当たり前といえば当たり前の話だが、父はそういい、英語の教科書を差し出し、これからはこれを読めといった。半太郎は素直に父のいうことを聞き、朝から晩まで英語を勉強した。半

太郎はそういう人の子供だった。

かれは東京英語学校に進み、父親の大阪転勤で大阪英語学校に移り、それから東京大学の予備門に入って来た。この時代の学生は大半、士族の出であり、父親が勉強家である点が共通していた。

健次郎も祖父は西洋かぶれ、兄がヨーロッパ留学組であり、運もあったが、そういった家系がいまの自分を作ったのだと思っていた。その半太郎にも迷いの時期があった。愛橘と同じように理科か文科かという進路の問題である。

「少し考えてみます」

と半太郎はいい、休学届を出してしまった。聞けば漢籍の塾に学んでいるという。

「館さん、大丈夫かね」

と、健次郎は気が気でなかった。しかし愛橘は、

「絶対、来ます」

といい、自信ありげだった。幸い半太郎も西洋に追いつくには理科だと進路を決めてくれ、健次郎を喜ばせた。

非の打ちどころなし！

人間は周囲の人々の愛情や叱咤激励によって、自分を見つめ、己の人生を築いて行く。教師の仕事はその人間をどう開花させるかであった。二人の弟子たちを見て、健次郎が到達したの

は人間教育だった。

明治十五（一八八二）年九月に理学部に進学した半太郎は二年生に進級するに当たり、再び悩んだ。当時、専門に分かれるのは二年からだった。いまも東京大学は同じシステムだが、理学部は、理工学部の色彩が強く、数学科、星学科、物理学科、純正化学科、応用化学科、動物学科、植物学科、地質学科、機械工学科、土木工学科、採鉱冶金学科の十一学科に分かれていた。基礎と実学が一緒になっており、どの学科を選ぶかは誰しも苦慮するところだった。

ここで取り逃がせば物理専攻の学生はいなくなる。健次郎と愛橘は物理学科の存亡をかけて半太郎の勧誘に力を入れた。迷っているように見えた半太郎が物理学科に入学を決めたとき、健次郎は大いに喜び、愛橘と祝杯をあげた。半太郎も愛橘と同じように、理学の基本は物理と判断し、物理学科への進学を決めたのだった。

この年の物理学科の入学生は半太郎一人だった。薄氷を踏む思いだった。健次郎と愛情は手塩にかけて半太郎を育てた。この学生こそ後年、母校の理論物理学講座の主任教授を務め、東北帝国大学の設立に尽力し、東北帝大で本多光太郎《こうたろう》や石原純を育て、さらに大阪帝国大学の初代総長になり、文化勲章受章者の第一号となる長岡半太郎その人だった。

その片鱗は早くからあった。

「この男にはかなわぬな」

と、ときおり健次郎すら彼の英語力に舌を巻いた。健次郎はアメリカで英語を学んだ。英語しか通用しない社会に飛び込めば自然に言葉は覚えるものだ。ところが日本に暮らしていては、英語など日常生活に必要はない。それだけに難しかった。それを半太郎は見事に乗り越え、読み書き、会話、どれをとっても一流だった。

半太郎の勉強ぶりを物語る膨大な数のノートが残っている。

後年、家族が国立科学博物館に寄贈したもので、その数は日記、手帳類を除いて四百八十九冊に及んでいる。うち二百十四冊が学生時代のものだが、日本語で書いたのは雑記帳の一冊だけで、あとはすべて英語とドイツ語である。

明治の日本人の勉強は、家族も含めて死にもの狂いだった。半太郎が記録を残してくれたおかげで健次郎の講義ぶりもより鮮明になった。

物理学科の授業は月曜が力学と物理実験、火曜が力学、数学、水曜が物理と数学、ドイツ語、木曜が力学、物理、数学、物理実験、金曜は化学実験、土曜は数学と物理、ドイツ語といった具合で、物理は健次郎が担当だったので、ほとんど毎日教えた。物理実験は表面張力、水銀の精製などで、健次郎が付きっ切りで教えた。熱学の実験では寒暖計をよく使ったが、ときには失敗もあった。

当時、標準寒暖計は貴重品である。不注意で折る学生もいた。学生は恐縮し、恐る恐る健次郎の研究室をノックしたが、健次郎は学生を叱ることはなかった。物は必ず破損する。叱ると逆に学生はミスを連発し、実験はうまくいかないことを健次郎は知っていた。

武士道を説く

普段の健次郎は優しかったが、こと人命に関する失敗は言葉を荒らげて怒った。実験中に油槽が破裂して熱油が学生の顔に吹きかかったことがあった。すると愛橘の下にいた若い助教授が、

「この割れ目を見たまえ。僕がいつも講義している通りだろう」

といって破裂したガラスの円筒を手に取った。そのときである。

「なにをしている。早く学生の怪我の手当てをせぬか！」

実験室に健次郎の雷が落ちた。助教授は真っ青になった。根は温厚で優しい健次郎だが、いったん怒ると怖く、学生たちは、いつも畏敬の目で健次郎を見つめていた。

このときの一喝はこの場に居合わせたすべての人の心に深く残り、いつまでも語りぐさになった。

健次郎は長岡半太郎を相手に、日本人論を説くことも忘れなかった。

「西洋文明や欧米人を無批判に礼賛する輩が増えているが、それは違う。日本には日本のよさがある。アメリカは人種差別がひどすぎる。日本人たるもの、日本の心を忘れてはならぬ。君も漢詩をやりたまえ」

健次郎は武士道を説いた。アメリカで教育を受けた人の日本人論だけに説得力があった。欧米に追随する気風が日本人にあり、健次郎にはそれが歯がゆかった。アメリカで学んだ新渡戸稲造が『武士道』を著して説いたように、健次郎も一日たりとも武士道を忘れなかった。

この頃、健次郎は会津が生んだ陸軍軍人の柴五郎とも時折、会っていた。彼は、下北半島で食うや食わずの生活をへて陸軍幼年学校に入り、そこから陸軍士官学校に進み、この時期、中国通として活躍していた。柴は雪のなか裸足で走りまわった下北時代を振り返り、

「男子たるもの、軟弱ではいかん」

と二人でよく話し合っていた。

健次郎は物理学の教授としてはかなり変わっていた。科学技術は欧米列強に比べて確かに遅れているが、日本にも優れた文化はある。欧米に追随するだけの日本であってはならない。日本は日本独自の文化を築き、世界に示さなければならない。単に西洋を模倣するだけでは、意味がない。日本人論を説くことも忘れなかった。

目を見張る半太郎の成長

「山川先生の物理学は難しいですね」

と、半太郎は時折、愛橘に愚痴をこぼしたが、

「山川先生を師と仰いだ以上、漢籍も勉強せよ」

といわれて半太郎は考え込んだ。なんでも徹底的にやる男である。半太郎が始めたのは剣道だった。唯一の心配は面を打たれると頭が悪くなるのではないか、ということだった。

「まあ脳に障害が生じることもあるまい」

半太郎は外国人教師からお墨付きをもらって剣道場に通った。いかにも理科の学生らしい話

だった。

健次郎の教育は徹底していた。これと見込んだ男は、決して手加減しなかった。

半太郎の大学生活は朝、大学に行き、健次郎の講義が終わると図書館で本を読み、帰宅途中に北辰一刀流の道場玄武館に立ち寄って剣道をするのが日課になった。

学年が進むにつれて実験が多くなり、図書館に行くのは週一、二度に減ったが、剣道の方は都合をつけて、二日に一度は出かけ、ときには日曜日も通ってあらん限りの声を出し、たっぷり汗を流した。

上級生になると半太郎は、師匠である健次郎に似て来た。下級生を集めては、

「欧米人に負けてはならぬ。日本の科学の発展こそが我々の使命だ」

とハッパをかけ、武道を勧めたりした。健次郎は半太郎が人間的にも立派に成長していることを知って、教育者冥利に尽きると喜んだ。健次郎は、

「あいつは見どころがある」

と自慢げに愛橘に漏らした。人を育てることが堪らなく嬉しかった。これまで何人もの人に助けられた。その恩返しは人を育てることだった。

卒業式ボイコット事件

明治十六（一八八三）年十月の卒業式のとき、東大の寄宿舎でボイコット事件があった。騒動の原因はいくつかあった。第一は予備門長兼寄宿舎取締の杉浦重剛と学生の対立だった。

杉浦は旧幕臣で、高圧的なところもあった。独自の判断で寄宿舎と食堂の間の近道を閉鎖し、加えて卒業式当日の饗応を中止したことで、一気に対立がエスカレートし、卒業式の当日、学生はボイコットに出た。こうなっては、理由はどうあれ学生を処分するしかない。杉浦の責任も問われる。

「山川先生、なんとか打開策をお願いしたい」

と泣きついてきた。健次郎の厳正公正さは学内にも響いていた。依怙贔屓は絶対にしない。いつも身辺は清潔で、威張り散らすことがない。その代わり勉強しない学生には容赦しなかった。どんどんリポートを課した。

健次郎は、

「ううん」

とうなった。卒業式をボイコットしてしまった学生百四十人の停学、卒業延期は避けられない。そして、健次郎は助教授の愛橘に命じて、学生との接触を試み、停学処分を認めさせ、その上で総長とかけ合い、時間をおいて復学させることでまとめたのである。

この事件以来、健次郎は管理者として注目を集めるようになった。ひとえに学生を大事にする健次郎の姿勢が人々の心を打ったのである。

第八章　友　情　～頂点への道～

森有礼の存在

明治十九（一八八六）年三月二日、帝国大学令が発布され、東京大学は東京帝国大学になった。伊藤内閣の文部大臣森有礼《ありのり》の発議によるもので、

「帝国大学は国家の須要《しゅよう》に応ずる学術技芸を教授し、その蘊奥《うんのう》を攷究《こうきゅう》するをもって目的とする」

と規定された。「須要」とは「なくてはならぬ」という意味であり、「蘊奥」は「学問技芸の奥深いところ」である。つまり国家のための大学であった。

その目的を達成するために大学院及び単科大学が設置された。大学院という研究体制も比較的、早い段階で導入された。これは科学技術の発展に寄せる政府首脳のなみなみならぬ意欲であった。

健次郎も東京帝大教授となった。

「しっかり教育に励むべし」

と、兄浩も喜んでくれた。この年の四月、兄にも朗報があった。文部大臣森有礼から呼び出しを受け、東京高等師範学校校長就任の要請を受けた。森は、

「西欧一辺倒ではいかん、日本人には日本人の魂が必要だ」

と全国の師範学校の教員を養成する東京高等師範学校に浩を迎えることにした。

森は薩摩の出である。妹捨松の夫である薩摩の大山巌が陸軍大臣だったので、それと関係があったかもしれなかった。会津出身では陸軍にいても少将以上の昇進は望めず、浩にはふさわしい転身であった。

東京高等師範学校は東京教育大学、現在の筑波大学の前身である。ともに教育畑を歩むことで、山川家はいっそう謹厳の家柄となった。森は若くしてイギリスに密航し、その後、アメリカに渡り、帰国していきなり廃刀令を建議して物議をかもし、さらに公用語は英語とすべしと唱えたこともあった。しかし文部大臣として日本の教育を預かるようになると、森の考えも変わった。

明治のなかば、三宅雪嶺《みやけせつれい》が雑誌『日本人』を発行、徳富蘇峰《とくとみそほう》も『国民之友』を出し、欧米に追いつくためには、物真似だけではだめだと主張していた。ただし国粋主義の日本論では世界に通用しないというのが、健次郎の考えだった。日本論のなかには復古調もあり、それでは発展につながらないと考えた。その面では森有礼と共通するものがあった。

国語改革の推進

健次郎はこの頃から対外活動にも力を入れた。弟子が育ち、日常の講義にゆとりが生じたこともあったが、頭にあるのは広く国民に科学技術の重要性を説き、日本のあるべき姿を訴えることだった。

健次郎は出歩くことを苦にしなかった。一橋の東京帝大講義室の公開講演で「国語口語論」を披瀝し、どうも日本語は難しすぎ、もっと文章を簡素化すべきと論じたこともあった。そのとき、

「風が強くて目に砂が入った、といえばいいのをなんというか」

と、健次郎が聴衆に問いかけた。

「強風猛烈にして小石眼中に入る、という。これでは知ったかぶった表現で、分かりにくい」

健次郎のいう通りだった。

「やまと歌は人の心を種としてよろずのことの葉とぞなれりける、といういい方がある」

と、健次郎は古典にも注文をつけた。聴衆は大喜びだった。

「歌というものは、人の心がもとになっていろいろのことをいったものだ。それでいいではないか」

健次郎が論じると、聴衆は惜しみなく喝采を浴びせた。

この時期、新仮名づかいが普及の兆しを見せていた。しかし漢文学者や国文学者の反発があり、容易に普及はしなかった。ついには、

「仮名づかいは古典にもどせ」

という運動が起こると、

「それは児童の教育を低下させるもので、一大罪悪である」

との反論もあがり、それなら、漢字をやめてローマ字にしてはどうかという健次郎の思い切った発言が世間の注目を集めたこともあった。

帝大に山川あり。

いつの頃からか健次郎の知名度が高まった。それは積極的に外部に飛び出して対話を重ねた成果だった。

森有礼刺殺事件

明治二十一（一八八八）年、健次郎は愛橘をイギリスとドイツに留学させた。愛橘の活躍は目覚ましいものがあった。学生時代から地磁気の研究を進めていたが、それを計測する器械の製作にも成功した。いまでもこの器械が世界で使われており、東京帝大物理学科のレベルは世界的水準に達していた。

留学した愛橘は最初の一年をイギリスで過ごし、グラスゴー大学でケルビン卿に師事し、電気伝導と熱伝導を学んだ。その後、ドイツで見聞を広め、三年後に帰国し、教授に昇進した。

愛橘が留学中のことである。学生運動の走りのような事件が起こった。明治二十二年二月十一日に憲法が発布されることになり、東京帝大の学生も祝賀の炬火《たいまつ》行列をすることになった。憲法発布は薩長の藩閥政治を打破するものとして薩摩、長州以外の学生は大歓迎だった。健次郎も同じだった。その準備の最中に思わぬ事故が起こった。明け方に半鐘が鳴った。

「帝大が火事だ！」

という。健次郎はすぐに飛び起きて大学に走った。火は寄宿舎を包み、学生二人が煙に巻かれて死亡した。当時電灯はなく、学生は石油ランプを点けて勉強していた。夜半、用務員がランプを落とし、火事になった。学生の死は痛ましい出来事だった。事態を重く見た文部大臣の森が大学に来て寄宿舎を視察することになった。

これは希有なことだった。学生たちは歓迎の意を表しようと、会場の中庭で待った。ところがなかなか大臣は現れない。学生たちは寒風のもと一時間も待つ結果になった。やっと現れた森は赤い顔をしていて、どう見ても酒気を帯びていた。

「先日、この大学の寄宿舎で学生二人を焼き殺したのはけしからん」

森が顔を真っ赤にして怒鳴り始めた。学生たちは憤慨した。

「殺していない。殺したとはけしからん！」

学生たちが野次を飛ばし、中庭は喧々囂々、野次が渦巻き、大臣の演説など誰も聞く人はいなかった。森は十五分ほど勝手に怒鳴っていたが、そのうち演説を打ち切り、引き揚げた。拍手もなく、散々な視察だった。

収まらない学生たちは、大臣の支離滅裂な演説を問題視し、「ひどい話だ」と新聞社に情報を流した。帝大生のタレ込みである。酔っ払い演説ということで、新聞はこれを大きく報道した。

この騒ぎの中心的役割を担ったのが大学院生の長岡半太郎だった。健次郎は学生を守らなければならないと覚悟した。幸いというか、もともと文部大臣に非があったので、この新聞記事は政府部内で問題になることもなく、炬火行列の朝を迎えた。

学生たちは木綿の襷をかけ、日の丸に「帝国大学」と記した提灯を下げて勢揃いした。なかなか勇ましい。教授たちは触らぬ神にたたりなしと、皆逃げたが、健次郎は敢然と学生たちの行列に加わった。学生だけでは、どうエスカレートするか分からない。学生たちにとって健次郎は頼もしい存在だった。

明治二十二（一八八九）年二月十一日、帝国憲法発布の朝、雪を踏みしめて二重橋の式場に行くと、周囲は騒然としていた。森文部大臣が刺客に襲われて重傷を負ったというのだ。

犯人は帝大生ではないかと噂する人がいて、このときばかりは健次郎も顔面蒼白になった。幸いすぐに犯人が分かり、帝大生の嫌疑は晴れたが、さすがの健次郎も冷や汗をかく憲法発布だった。ちなみに犯人は国粋主義者の西野文太郎でその場で森の護衛に斬られその場で死亡、森は翌日死亡した。

母との別れ

この頃、健次郎に気がかりなことがあった。母の病気である。医科大学の医師の診察を受けたが、高齢ということもあって予断は許さなかった。母は病院に入ることを嫌い、兄浩の家で臥《ふ》せっていた。健次郎は毎日、兄の家に行って母を見舞ったが、治療の甲斐なく四月にこの世を去った。享年七十三だった。

母は会津戦争で辛酸をなめ、下北半島では野山に分け入って山菜とりに明け暮れ、海辺で昆布を拾い、子供たちを育てた。気丈な人で、夫を早くに失ったにもかかわらず、どんなことにも決して弱音を吐かなかった。健次郎は母の遺体にすがって号泣した。

母の苦難の生涯を思うと、無性に腹が立った。それは会津の名誉が依然回復されず、朝敵の汚名を受けていることに対する無念さ、悔しさであった。母の目の黒いうちに会津の怨念をなんとか晴らしたいと思っていたが、壁は厚く、会津に対する世間の誤解を解くまでには至らなかった。

「健次郎、お前は教育に励むべし。俺は残りの人生で会津の冤罪を雪ぐ」

兄浩がいった。兄の目も真っ赤だった。姉たちも思いっ切り泣いた。日本語を忘れてしまい母に心労をかけた捨松は、人の目などまったく気にせず泣き崩れた。

山川兄弟姉妹が、今日までなんとか乗り切り、会津の子弟の面倒を見るところまでになれたのも、母の力によるところが大だった。母は強しであった。

二人の愛弟子

兄は政治への転身をはかった。しかし第一回の衆議院議員選挙では惜しくも次点で落選した。

この頃から健次郎の学外での仕事が一段と増えた。東京数学物理学会の会長、中学校・師範学校の教員免許学力試験委員、度量衡条例審査委員などに就任し、明治二十五年には帝国大学評議員に選ばれた。この間に大理石の熱伝導率の研究で理学博士の学位も得、二十六年には理科大学長に選ばれた。健次郎四十歳であった。

「会津の誉れだ、母上も喜んでくれるだろう」

兄が涙ぐんだ。父代わりの兄である。その喜ぶ姿に健次郎も目頭が熱くなった。

東京帝国大学は文科大学、理科大学、医科大学、工科大学、法科大学の五つの単科大学で構成されていた。物理学科の方は帰国した田中館愛橘が教授、長岡半太郎が助教授として研究・教育に当たってくれたので、健次郎は心おきなく理科大学の学務に専念することが出来た。半太郎は意外に早く結婚したが、愛橘は相変わらず独身だった。

「館《だて》さんや、君は教授なんだから嫁さんをもらうべきだ」

健次郎が時折いうのだが、独身が気楽なのか、愛橘は学生と一緒に寄宿舎に住んで研究三昧の日々を送っていた。愛橘の部屋は寄宿舎の中央にあった。健次郎は気になって時折のぞいて見た。愛橘は早朝から深夜まで研究に没頭していた。

「愛橘先生は、どうしてあんなに早く起きるんだ」

学生たちにとって愛橘の早起きは驚異だった。愛橘に負けまいと、どんなに早く起きても愛橘は、とうに目を覚ましていて、戸障子をガラリと開けて読書していた。まさに研究の虫であった。

同じ部屋に研究室を持っている半太郎も同じで、新婚だというのに、ここに泊まり込みで勉強している日もあった。半太郎の新妻は江戸時代から学者の家系として有名な箕作家《みつくりけ》の末裔麟《りん》祥《しょう》の三女ミサ十七歳で、父親は貴族院議員、法学博士だった。良縁であった。この結婚、無関心を装っていたものの愛橘にとって内心、ショックのようだった。

「先生、私は嫁などいらぬ。研究のじゃまです」

と負け惜しみをいったが、ときおりボンヤリしていることがあった。

健次郎は人のおせっかいをするのは不得意で、放っておいたことも愛橘が婚期を遅らせてしまった原因のように思えた。健次郎はあちこちに口をかけ、愛橘の嫁探しを始めた。そうした折に国元から愛橘の母親が出て来て、大学の近くの西洋館を借りて、そこに愛橘を引っ越しさせた。なにごとが始まったのかと思っていると、愛橘が神妙な顔をしてやって来た。

「先生、母がどうしても嫁をもらえといって聞きません」

「それはよかった。ところで館さん、君はいくつになった」

「三十八歳です」

「そんなになったのか。半太郎の手前、考えねばならんと思って探してはいたのだが、つい学務に追われて君の嫁さんを見つけるまでにはいたらなかった。すまなかった」

健次郎は髭面の愛橘に頭を下げた。

「先生、とんでもない。私にその気がなかったのです」

と、愛橘がいった。この話、どうやらまとまりそうで、健次郎もホッと安堵した。またしても母は強しであった。ついに愛橘の結婚が決まる日が来た。愛橘はいつになく顔を紅潮させて健次郎の自宅にやって来た。

「先生、覚悟を決めました。この娘をもらわなければ帰らないと母が居座りまして」

愛橘がいった。それがまんざらでもない顔だった。本人も納得したに違いない。

「そうか、それはよかった。これで館さんも世間なみになったなあ、なにせ君は遅れる癖がついていたからなぁ」

「恐れいります」

愛橘は照れくさそうに笑った。健次郎と愛橘の間には決定的な違いがあった。どこかに出かけるとなると、いつも愛橘が遅れて来る。それも一度や二度ではなかった。

健次郎は汽車に乗るときは、必ず発車の一時間前に駅に行くのが常だった。一時間あれば忘れ物があっても大学に取りに戻れるという時間だった。愛橘はぎりぎり一分前にすべり込めばいい方で、大先生を待たせて平気な顔をしていた。

「どういう神経をしてるのかなぁ」

半太郎もあきれる愛橘のルーズさだった。しかし健次郎はこのことについて一度も叱らなかった。独身だから仕方がない、結婚すれば時間のルーズさもなくなるだろうと健次郎は思っていた。愛橘の結婚はたちまち寄宿舎中に広がり、学生たちは連日、愛橘の家に押しかけ、

「嫁さんを見せろ」

と愛橘を責め立てた。母親が連れて来た相手は同郷の先輩、本宿海軍主計総監の妹ミヨ子で、ポッチャリした可愛い人だった。結婚式は簡素なものだったが、愛橘は信じられないほどの愛妻家となり、家庭を大事にし、汽車に乗るときは三十分前には来るようになった。それでいて研究態度はいささかも変わりなく、夜更けるまで大学に残ることもしばしばだった。

おかげで物理学科の教室はますます安泰だった。

地震対策の傾注

この頃、日本列島に地震が頻発した。

二年前の明治二十四（一八九一）年十月二十八日、岐阜・愛知県一帯に濃尾《のうび》大地震があった。死者七千二百七十七人、大惨事であった。健次郎はすぐに愛橘と千野助手を現地に派遣した。

愛橘は汽車で名古屋まで行き、それから人力車で震源地に近い金原《きんぱら》に向かい、崩壊した寺にテントを張って調査を開始した。愛橘は地磁気が地震で変動するのではないかということを思いつき、これが契機となって日本の地震研究が飛躍的に進歩した。

帝国大学には国家、国民のために貢献する使命があった。国民に多くの被害をもたらす地震を事前に予知出来れば、国家、国民に大学が貢献出来る。東京帝大は全学をあげて地震対策に取り組むことになり、政府もこれに予算をつけ、地震研究所の設立に向かって動き出した。

健次郎は陣頭に立ってこの問題に取り組んだ。物理学科に限らず帝大の学生は皆、国家のために学問をする気迫に満ちていた。

愛弟子の成長

明治二十六（一八九三）年三月、健次郎は助教授の半太郎をドイツのベルリン大学に送り出した。半太郎はすでに理学博士の学位を得ており、その論文は世界の注目を集めるほどだった。

半太郎が自分には留学の機会があるのかと悩んでいたことを知った健次郎は、じっとそのチャンスを待っていた。早く留学させたい気持ちは山々だったが、理科大学のなかで順番もあり枠がなかなか来なかった。

　留学中の愛橘に、半太郎は手紙でこの悩みを訴えていた。

「僕の伊勢参りにつきたびたび御助言を蒙れども、僕のような迂遠《うえん》な者には到底伊勢参りなどは、仰せ付けなりませぬ。僕は大学に乞食しておれるのが大幸、と思っておらねばなりませぬ。また□《ママ》の御機嫌でもそこなったら、九州に謫遷《たくせん》となる覚悟でおります」

　当時、外国留学のことを伊勢参りと呼んでいた。半太郎の留学は理科大学長である健次郎に権限があり、後年、物理学会の天皇、カミナリ親父といわれる半太郎だが、自分はとても行けそうもないと考え、愛橘に愚痴をこぼしていた。

　手紙のなかの□は健次郎のことであり、九州に謫遷というのは、将来創立されるはずの九州帝国大学を指したのだろうか。しかし、すべては半太郎の思い過ごしで、健次郎は誰よりも半太郎の才能を買っており、留学を決めていたのだった。

　ドイツに行った半太郎はしょっちゅう、愛橘のところに手紙を寄こした。健次郎は愛橘から報告を受けて半太郎の勉強ぶりをのぞき見たが、半太郎はドイツ留学中に九編の論文を発表し、その力は世界のトップレベルに近づいていた。

　なかでもドイツの専門雑誌に書いた「鉄・ニッケル・コバルトの楕円体の磁化による長さの変化」は高い評価を得、イギリスの雑誌にイギリスの研究者と共同で書いた磁気に関する論文の反響も大きかった。

　このように日本人の物理学者がドイツに行ってどんどん論文を発表し、世界の注目を集めたことは、とりもなおさず日本の教育水準の高さを示すものだった。東大物理学科の名は次第に世界に高まり、教育者としての健次郎は順風満帆だった。

半太郎は天を衝《つ》く勢いだったが、愛橘の家庭を突然、不幸が襲った。夫人が産後の経過不良で他界したのだ。健次郎は驚いた。愛妻家の愛橘を思うと言葉もなかった。

美稲子と名づけた赤ちゃんは無事だったが、オイオイ男泣きする愛橘を慰める言葉もなく、健次郎は沈痛な面持ちだった。愛橘は娘を男手一つで育ててみせるといい、ミルクの調合も自分で行い必死に育児に取り組む姿勢が痛々しかった。

理科大学長就任時の帝大総長は理科の浜尾新《あらた》だったので、健次郎はなにかと大学全体の相談にあずかった。浜尾とは東京開成学校以来の付き合いで、兄弟のような存在だった。

御宸翰《ごしんかん》と主君と兄との別れ

この頃、兄浩は貴族院議員に選ばれ、国政で活躍する一方、会津藩の名誉回復を願って幕末会津藩の史料の収集も始めていた。健次郎は旧主君の松平容保《かたもり》にもしばしば会う機会があった。あるとき、

「山川、これを世に出してくれ」

といって孝明天皇から授かった信任状、御宸翰《ごしんかん》を竹の筒から取り出した。それは容保が若き日、京都守護職として孝明天皇のお側に仕えていたとき、天皇から拝領した書翰だった。

容保はその御宸翰を竹の筒に入れていつも手元に置いていた。会津の戦争のときは、この竹

の筒を背負っていた。それは、自分は朝敵にあらずという絶対の証明だった。それを竹の筒から取り出すときの容保の顔は純真な子供のように輝いていた。

思えば不運な主君だった。薩長から「朝敵」というあらぬ汚名を着せられ、なに一つ財産もなくつましい暮らしを強いられてきた。東照宮の宮司は務めたが、世間に顔を出すこともなく、あの戦争で命を落とした三千人もの家臣たちの霊を弔う日々だった。

明治二十六年暮れ、主君容保が五十九歳の不運な生涯を閉じるや、兄浩の『幕末会津史』の編纂事業は一段と拍車がかかった。

「これが最後のご奉公だ」

兄浩はものにつかれたようにその事業に取り組んだ。

「浩兄の体が心配だわ」

と捨松がいった。実は健次郎もそのことが気になっていた。胸を押さえて咳き込むのだ。何度か注意したのだが、

「風邪だ」

といって医者に診てもらおうとしなかった。明治三十一年、兄は浦賀の別荘で倒れた。胸部疾患だった。すぐ大磯での転地療養を試みたが、気管支炎が悪化し、回復は困難だった。健次郎は毎週、大磯に通った。兄がいてくれたからいまの自分があるのだ。一日でも長く生きていて欲しいと思った。しかし薬石効なく、この年二月四日、兄浩は眠るようにこの世を去った。まだ五十四歳だった。健次郎の失意は大きかった。

「これからだというのに、なんで、なんで死んだ」

健次郎は遺体に取りすがって泣き崩れた。葬儀は田中館愛橘、長岡半太郎ら大勢の弟子たちが取り仕切り、また会津藩の関係者が全国各地から駆けつけてくれた。

「ううう」

旧会津藩の人々は一様に声をあげて泣き、深く胸に残る無念の思いに堪えることが出来なかった。これほど多くの人が泣き崩れる葬儀も珍しかった。それだけ会津人の心の痛みは、他人にはかり知れないものであった。健次郎は、兄がやり残した『幕末会津史』の編纂は、いずれ自分が引き継ぐことを決意した。

教育界の重鎮に

それから三年後の明治三十四(一九〇一)年、理科大学学長の健次郎は在職二十五年を迎えた。明治九年、東京開成学校教授補に迎えられ、その後、東京帝大教授をへて理科大学長に選ばれ、研究に教育にと東奔西走して来た。

「学長、祝賀会を開かせてもらいます」

愛橘と半太郎が学長室にやって来た。

「そのようなことは好まぬ」

健次郎は断ったが、前帝大総長の浜尾新《あらた》が、

「それは受けるべきだ」

といってきかない。それでも断ると、

「山川さん、たまには私の顔を立てて下さい。田中館君から相談があったとき、やりなさいと勧めたのは私です」

浜尾は何度も電話をかけて来て、健次郎を説得した。浜尾はいずれ健次郎を帝大総長に据えたいと目論んでいた。ときの帝大総長は同じ理科大学の菊池大麓だが、その後任に健次郎を推す心づもりでいた。

東京帝国大学総長は日本の学界、教育界を代表する人物である。卒業式には総理大臣が臨席し、ときには皇太子の行啓もあった。

東京帝国大学は日本の政財界、官界、学界、産業界、ありとあらゆるところに結びつき、造兵学、造船学、火薬学などの講座を通じて軍部とのつながりもあった。

その幅の広さと国家の期待度は今日の東京大学の比ではなかった。政財界との付き合いも頻繁で、政治力も求められた。

浜尾は健次郎の謹厳な姿にあるべき総長像を見た。祝賀会は小石川の植物園で行われ東京帝大総長菊池大麓《だいろく》、前総長の浜尾新ら先輩、同僚、門人、知友五百七十人余が出席し、盛大に行われた。愛橘と半太郎は記念に健次郎の肖像画を制作し、物理学科の講堂に掲げた。夕方からは立食のパーティがあり、菊池総長の発声で天皇陛下万歳の三唱があり、陸軍軍楽隊が「君が代」を演奏し、浜尾前総長が祝辞を述べた。これに対して健次郎は謝辞を述べ、一首を朗詠した。

何事も為さて過ぎ来しこの身には汗こそあへれ今日のうたけに

健次郎の謙虚な人柄がこの歌に込められていた。万雷の拍手を浴びて壇をおりた健次郎の脳裏に会津の山野がよぎった。兄に叱られたこと、奥平謙輔先生を頼って新潟へ密行したこと、アメリカでの留学生活が走馬灯のように流れた。

男の友情

健次郎は夢を見ているような思いだった。妻鉚との間には四男三女をもうけた。次男と長女は早世したが、三男二女が育ち、長男洵は理科を目指して勉強していた。

「山川さん、本当におめでとう」

浜尾前総長がいった。浜尾新という人物は、

「洋々たる大海のごとく、清濁を論ぜずして百千の長江を併せ呑む」

という度量の人で、その温顔はすべての人に親しまれた。

対する健次郎はときとして轟々と颪を吹かせ、樹木をも倒す勢いがあった。アメリカ人教師スウィフトは二人を評して、

「浜尾さんは very warm、非常に温かい人です。山川さんは true and brave、誠実で勇気のある人です」

といった。簡にして要を得た寸評だった。二人はまるで兄弟のように親密だった。ときには

書面で、ときには電話で、ときにはお互いの家を訪問して会話を交わした。

「すべて先生のおかげです」

健次郎は深々と頭を下げた。

「いや、すべては山川さんの力です。会津人の底力です」

浜尾はほほ笑んだ。かれは兵庫の人で、嘉永二（一八四九）年の生まれなので、健次郎より五つ歳上である。浜尾はもう一度、総長を務めたあとに貴族院議員、松方内閣の文部大臣、枢密顧問官、東宮大夫、枢密院議長を歴任するが、薩長藩閥政治が嫌いで、健次郎とは会ったときから意気投合した。ときには酒をくみ交わし、二人は大学のあるべき姿を論じて来た。

健次郎の家の書生たちは浜尾が訪ねて来ると、これは一日がかりになると思い緊張して待機した。浜尾が姿を見せるのは休日の朝で、昼になると、浜尾がいう言葉は決まっていた。

「じゃ、山川さん」

といって椅子を離れようとする。すると健次郎が、

「ご飯をどうぞ」

という。鉚夫人がいそいそと準備をする。昼飯が終わると、

「それじゃ、山川さん」

と、ふたたび浜尾が椅子に座り、二人は延々と話を続け、やがて夕方になる。すると浜尾は、

「じゃ、山川さん」

と立ち上がり、健次郎が、

「夕飯をどうぞ」

といい、

「それでは」

と浜尾がご馳走になり、ふたたび淡々と東京帝国大学のこれからや新設される京都帝国大学のこと、やがては日本の将来について意見を交わし、ついには欧米の思想から和歌の心にいたるまであらゆる世界に話題が及び、午後九時頃になって、ようやく浜尾が玄関に姿を見せる。夫人や書生が見送りのために並ぶと、

「そうそう、山川さん」

とまたもや話を始め、周囲の人々はどうなるのかと、固唾《かたず》をのんで二人を見つめた。二人はそういう付き合いだった。

浜尾の孫、浜尾実は、昭和二十六（一九五二）年から四十六年まで二十年間東宮侍従として皇太子殿下のお世話役、家庭教師役だった。祖父の浜尾新が晩年、東宮大夫だったことが関係していた。東大創立百二十周年のとき、浜尾実は、

「いま必要なことは心を見つめなおすこと、相手を大切にすること、集約すれば愛し合い、許し合うことだ」

と学生たちに語り、祖父と健次郎の関係を彷彿とさせたが、二人の友情は終生、変わらぬものがあった。

ついに頂点に

明治三十四(一九〇一)年六月、健次郎に転機が訪れた。東京帝国大学総長に選ばれたのである。これは思いもよらぬことだった。菊池大麓総長が桂太郎内閣の文部大臣に就任し、健次郎が評議会の推薦を得て後任の第六代東京帝国大学総長に選ばれた。

「総長を受けて下さい」

と、菊池総長から要請があったとき、健次郎は辞退したが、菊池は引き下がらず、浜尾前総長からも、

「ここは山川さんしかおりませんぞ」

と説得され、逃れることは出来なかった。学内の誰もが健次郎を推薦した。

このとき健次郎四十八歳、今日では考えられない若さであった。会津関係者の喜びはもう大変なものだった。その知らせは郷里会津若松から下北半島、北海道の開拓地と、各地を駆けめぐり、人々は涙を流し、喜び合った。

賊軍として虐げられて来た会津人にとって、健次郎の総長就任は、溜飲の下がる思いであり、次は大臣だ、と快哉を叫んだ。もとより権力欲を嫌う健次郎である。そんな話が出るとプイと横を向いて不機嫌になるのだった。

総長となるとその忙しさは、これまでの数倍にもなった。健次郎は学生との対話にこれまで以上に努め、夏には伊豆の戸田村にある大学の海水浴場に出かけ、学生たちと一緒に泳いだりした。

足尾銅山鉱毒事件

学生のなかに旧藩主松平容保の四男恒雄《つねお》がいた。恒雄は法科大学の学生として法律を学んでおり、将来は外交官になる夢を抱いていた。

恒雄は外交官試験を首席でパスして見事外交官となり、のちに駐米・駐英大使、宮内大臣を務める大物となった。娘は皇室に入り、秩父宮勢津子妃殿下となるが、その恒雄が帝大に入学してくれたことは健次郎にとって、この上ない喜びだった。

この年、明治三十四（一九〇二）年、田中正造の天皇への直訴で、栃木県と群馬県の渡良瀬川流域の足尾銅山鉱毒事件が大問題となった。この一帯の農民は長年鉱山の所有者、古河男爵家と鉱毒について紛争を続けて来た。銅山からの毒物が流れ出て、渡良瀬川下流の農民に甚大な被害が出ていた。本当に鉱毒があるのか、連日新聞を賑わせた。

健次郎はこの調査は東京帝大の義務だと判断し、農科大学の古在由直《こざいよしなお》教授を現地に派遣し、調査に当たらせた。結果は鉱毒の存在が明らかだった。健次郎ならではの正義感の発露だった。

初めての卒業式にて

翌明治三十五年七月、健次郎は総長として初めての卒業式に臨んだ。式には明治天皇が行幸され、健次郎は、次のような祝辞を述べた。

「諸君、今日の状況を見よ。清廉の志操は日に月に頽廃し、淫佚《いんいつ》俗をなし、奢侈風を移し、国家の元気、まさに衰耗《すいもう》せんとしている」

と社会の現状を憂い、

「本学出身の諸君は社会の模範をもって任じ、忠愛廉潔恭倹の志操をもって自ら守り、百折不撓《ひゃくせつふとう》の気象をもって事に当たれば、その感化の及ぶところは、大なるものがある。私はこれを信じて疑わない」

と、卒業生に対して社会の模範になるよう求めた。健次郎が、

「自分を律し、清貧に生きよ」

と厳しい訓示を述べた背景には、日本を取り巻く国際環境の悪化があった。ロシアが清国に進出し、満州の権益を得て、日本に迫りつつあるという危機意識があった。いつも世界を見つめている健次郎ならではであった。

だがロシアと戦争に入ることには、ためらいがあった。日本はまだ国力が伴わず、欧米列強と戦争することは出来ないという判断によるものだった。

七博士上奏事件

健次郎の日々は単科大学の学長に毎日会うだけで、あっという間に夕方になった。

当時、東京帝大教授の発言は国政を揺るがす重みがあった。いつも問題提起をするのは法科大学の教授たちだった。のちに健次郎が東京帝大を去る原因となる七博士上奏事件が起こったのは、この頃だった。

ロシアの中国進出を危惧する知識人の動きが活発化し、その中心人物が法科大学の寺尾亨博

士、戸水寛人《とみずひろんど》博士ら七人の教授だった。七博士は、

「およそ天下のことは、間髪を入れず、機に乗ずれば、禍を転じて幸となるものだが、逆に機を逸すれば、幸を転じて禍となる」

としてロシアの満州進出に異議を唱え、

「いまや露国は次第にその勢力を満州に扶植し、鉄道の貫通、城壁、砲台の建設を進め、海上では盛んに艦隊を集め、海に陸に強力な勢力をもって我が国を威圧しようとしている。我が軍力は露国と比較してわずかだが勝算がある。しかしその状態を維持出来るのはこの一年である。要するに現在の好機を失ったならば、千載に憂いを残すことは明白である」

と、即時開戦を求める過激な建議書だった。

この建議書が六月二十四日の『東京日日新聞』に掲載されたから世論は騒然となった。

もっとも強硬に開戦論を主張したのは戸水博士だった。早稲田大学の講堂で講演し、

「日本はどんどん人口が増え、このままでは増大する人口を養うことは出来ない。それゆえに領土を拡張しなければならない。領土の拡張に戦争は避けられない」

といい放ち、桂太郎首相や小村寿太郎外相を訪ね、ロシアに対して強硬手段をとるよう求めた。軍部からではなく東京帝大の教授たちからこのような発言が飛び出したことで、世論は開戦に傾いて行った。

健次郎は陸軍将校の柴五郎を通じて、戦争となれば国力のない日本はたちまち苦戦に陥り、勝利の展望は描きにくいという情報を得ていた。

海軍士官の出羽重遠《でわしげとう》からも容易ならざる事態と聞いていた。出羽は、健次郎が会津の城に籠ったとき、爪揚げをしていた元気な少年だったが、長じて海軍兵学寮に入り、帝国海軍に身を投じた。

二人はもし日本がロシアに敗れるようなことがあれば、日本は間違いなくロシアの植民地となり、日本国民全体が会津藩の苦しみを味わうことになるというのだった。

戦争を避けたかったが、ロシアの侵略は目にあまるものがあり、明治三十七（一九〇四）年二月、大国ロシアとの間で、ついに戦いが起こった。

出羽は東郷平八郎大将率いる連合艦隊の第三戦隊の司令官として出撃した。出征の前に健次郎を訪ね、戦争の厳しさを語った。ロシアは旅順やウラジオストックに東洋艦隊を有し、本国には世界に冠たるバルチック艦隊を持っている。

「生きて帰るつもりはありません」

出羽がいった。その言葉に戦争の厳しさがにじんでいた。

内助の功

健次郎はじっとしていることが出来なかった。一家をあげてコヨリを作った。

「これでもなにかの役に立つ」

健次郎はそういい夫人や娘、書生たちと一緒にコヨリを作った。それを夫人が陸軍恤兵部《じゅっぺいぶ》に持参した。夫人は結婚以来、一日も欠かさず日記を付けていた。

一月　八日　今ばんは武藤、穴沢、洵（長男）など小よりより、旦那様とも入れて千百本よれたり。
一月十六日　今夜集まりし書生は花見、佐治、坂内、須藤の四人、皆々にて小より三千本つくる。それよりカルタ始りて、おもしろかりし。
二月十一日　昨夜はめでたいとて（露艦二隻撃沈のこと）穴沢、君島、須藤、花見、坂内、武藤など集まって、小よりより、おおにぎやかにて、十時過ぎまで遊びたり。

書生は皆、会津出身の学生だった。東京帝大、第一高等学校、早稲田や慶応などに通学していて、休日になると陸軍士官学校の生徒も手伝いに来た。

山川家の勤労奉仕は、これだけではなかった。夫人は古着を集めて送ることを思いつき、お茶の水の女子高等師範学校付属高等女学校の生徒である娘の佐代子は大学の教授宅をまわって古着を集め、夫人が自分で洗濯して、仕立て直し、これも陸軍に運んだ。

健次郎の妻は日々、兵士の留守宅へ配る着物の仕立物、洗い張り、染め物に大忙しだった。毎夜毎夜、二時、三時まで仕事をし、慰問袋を集めたり、こしらえたりして、とうとう夜が明けてしまうこともあった。これが東京帝大総長夫人の日々だった。

妻鉚はまったく飾らない人だった。

「旦那さま、行ってらっしゃいませ」

と、玄関で手をついて送り出すのも結婚以来続いていた。健次郎がなにひとつ心配することなく、大学の学務に専念出来たのは、ひとえに鉚の「内助の功」によるものだった。

気になることといえば、健次郎の晩酌の量だった。外で飲むことはなかったが、いつも冷やで四合をうまそうに飲んだ。四十を過ぎてから痔を患い、燗して飲むように医者にいわれたが、冷やが好きだった。

「もう一本つけてくれ」

ということもあった。鉚は、

「だめです」

と断るのだが、

「酒は米の油だからなぁ」

といって、追加をせがむときの健次郎の顔はどこか子供のようであった。とにかく、すべてに優しい旦那さまであった。

日露戦争をめぐる騒動で辞任

日露戦争は日本の勝利に終わったが、この間、東京帝大では日露戦争の終結をめぐって論争が繰り返されていた。法科大学の戸水寛人《とみずひろんど》教授らと文部省の確執である。

「大学教授が軍事問題にあまり口を出すのは問題がある」

という文部省に対して戸水教授らは反発し、講和の条件として、

「バイカル湖以東を割譲させよ」

とまで政府に注文をつけた。大学人が国政に注文を付けることは決して違法ではないが、ロシアに過大な要求を出すことに疑義もあった。日露戦争の実態は、大変な苦戦であった。

健次郎は海軍の出羽重遠や陸軍の柴五郎から日本軍は大砲の弾も乏しくなっていた事実を聞かされており、早期講和こそ大事と考えていた。ところが戸水らは戦争の実態、日本の国力をなにも知らずに机上で戦争を論じていた。

双方の対立はエスカレートし、文部省は帝大総長の健次郎を飛び越えて戸水教授の休職処分を断行した。戸水らの論調に問題はあったが、今回の一方的な処分は学問、思想及び言論の自由、独立の上ではゆゆしき事態であった。

健次郎はこの件で文部省に抗議し、混乱を招いた責任をとって総長の辞任を申し出た。

学内は騒然となった。浜尾、菊池の両前総長は、

「山川さん、堪えて下さい」

と慰留したが健次郎の決意は固かった。

このことが新聞で報道されるや、学生たちも立ち上がり、健次郎の慰留運動が起こった。しかし混乱の責任は総長にあることも自明の理であり、健次郎が辞表を撤回することはなかった。

総長になって四年目の出来事だった。明治三十八（一九〇五）年十二月二日、健次郎は全学あげての慰留の声を振り切って退官した。

しかし。大学の混乱はその後も続き、東京帝大と京都帝大の教授が文部省のやり方に抗議す

る形で全員が辞表を出すなどもめ続けた。結局、久保田譲文相が辞任する一方、戸水教授が復職し、二か月にわたる騒擾事件はようやく解決した。

健次郎は自由の身になった。健次郎はもともと権力にしがみつくことが嫌いだった。幸いまだ五十二歳である。東京帝大名誉教授の称号が与えられ、貴族院議員にも勅選されたので、社会的活動になんの支障もなかった。

「旦那さま、家でゆっくりなさって下さい」

鉚はニコニコ顔で健次郎の世話に明け暮れた。

しかし社会が健次郎放っておくはずはなかった。

第九章　期　待　～引退許すまじ～

安川敬一郎の志

九州の大財閥、安川敬一郎《けいいちろう》が健次郎の自宅に訪ねて来た。

「山川さん、ぜひ、お力をかしていただきたい」

北九州に理工系の専門学校を作るというのだ。

「経営一切を先生にお願いしたい。学校の内容もすべて先生にお任せしたい」

安川はそういって健次郎に学校の総裁に就任してくれるよう要請した。健次郎は驚いた。安川は立志伝中の人物である。生国は福岡の黒田藩。健次郎より五歳ほど年長である。藩命によって京都や静岡に遊学し、勝海舟や山岡鉄舟の薫陶を受けた。明治になって福澤諭吉の慶応義塾に学び、帰郷後、兄が興した炭坑の経営に携わった。

経営は容易ではなかった。落盤事故、火災、それに伴う復旧工事に莫大な経費がかかり、巨額な負債を抱え、倒産の危機に瀕した。救ったのは日清・日露戦争だった。事業がどんどん拡大し、今度は巨額の利益を得た。

「私腹をこやすにあらず、余は教育にその利益を投じる」

安川は決意した。これは旧幕臣から受けた薫陶の賜物であった。

「子孫に美田を残さず」

という安川の信条にもあずかっていた。同じ西南でも薩摩、長州とは一線を画す思想である。安川はいった。

「山川さん、子孫に財を残すと、どうも怠惰になって困ります。そこで本業以外の動産を全部投じて科学的専門教育の学校を作ろうと考えたのです」

アメリカでは財閥が教育に資金を寄付することは当然であり、健次郎はそういう人物が日本にも現れたことに感動を覚えた。従来、日本の財閥は教育の振興に無関心の人が多かった。

「どうも炭坑には荒くれ者が多く、その指導に当たる者の教育も大事だと考えたわけです」

安川はそうもいった。安川はすでに自分が経営する赤池炭坑に鉱山学校を設置し、中級技術員の養成も行っていた。

「ところが赤池炭坑で二度にわたる災害事故を起こしたため、学校の継続が困難になり、閉鎖に追い込まれました。今度はその轍を踏まぬよう先生にお願いに上がった次第です」

安川は真剣そのものだった。実に真面目な人だと健次郎は思った。健次郎の性格からいってこの要請を断る理由はなかった。健次郎は数日後、総裁就任を安川に伝えた。

後の九州工大創設

健次郎は文部大臣の牧野伸顕《のぶあき》に手紙を送り、

「実業界が営利に走る今日、これがきっかけとなって私学の振興がはかられ、理科教育が盛んになる喜びに堪えないことである」

と絶賛した。健次郎は東京帝国大学工科大学の教授たちを連れて九州に向かい、学校の規模、教育方針などを安川に説明した。

当面、採鉱、冶金、機械の三学科で出発し、応用化学科、電気工学科の二学科を増設する、他の専門学校は三年制だが、ここは四年間教育することを健次郎が説明した。

「校名は安川工業専門学校としてはいかがであろうか」

健次郎が提案すると安川は即座に断った。

「私は自分のために学校を開くわけではない。校名も山川さんに一任します」

安川は答えた。「それでは」と、健次郎は明治時代に羽ばたくという意味で明治専門学校と名づけた。現在の九州工業大学の前身である。

学校の建築設備費八十万円、維持費の基本金三百三十万円で、明治専門学校の開学が決まった。学校の敷地は九州戸畑の茫々たる草原で十万坪という広大なものだった。やがて校舎が建てられ寄宿舎が出来、教員の住宅が並び、グラウンドが建設された。

第一回の入学試験は明治四十二年三月に行われた。このときは建物がごく一部建っているだけだった。受験生は戸畑の駅に降りるとそこは野っ原で建物も家もなにもない。一体、どこに学校があるんだろうと、ずうっと行くと池があった。そこを過ぎてなおも歩いて行くと建物らしいものがあった。それが明治専門学校だった。

健次郎は自ら英語の試験を担当した。英語の試験問題を作り、試験官も務めた。試験官が、

「山川総裁を紹介します」

と、眼光の鋭い老人を紹介した。受験生が驚いて見つめると、健次郎はいきなり朗々と英文を読み上げた。それは、

「飛行機が二里飛んだ」

というアメリカの新聞記事であった。その頃、飛行機という最新情報は受験生にはなんのことかまったく分からず、この書き取りは零点の受験生が続出した。

健次郎は決して自分を飾ったり、取り繕ったりすることはしなかった。裸になって生徒とぶつかろうという、決意を秘めての総裁就任だった。

このときの受験生は二百十六人で、合格者は採鉱二十八、冶金十五人、機械二十人の五十五人であった。九州を中心に全国から集まった俊英たちであった。

技術者ではなく「人間」をつくる

明治四十二（一九〇九）年四月一日、校舎の完成を待たずに仮開校式が行われた。孫のような新入生を前にして健次郎は嬉しかった。健次郎は入学式の日、

「本校はたんに技術者をこしらえるのみの学校ではない。技術に通じるジェントルマンを養成する学校である」

と、生徒たちに切々と訴えた。

健次郎が掲げた教育方針は熟達した技術者の養成であった。同時に人格主義、軍事教育、基礎学科の尊重の三つだった。白虎隊の隊士として戊辰戦争を戦い、敗れた体験を持つ健次郎は、国家の防衛を忘れてはならぬと説いた。それは次のようなことであった。

一、忠孝を励むべし。
一、言責を重んずべし。
一、廉恥《れんち》を修むべし。
一、勇気を練るべし。
一、礼儀をみだすべからず。
一、服従を忘るべからず。
一、節倹をつとむべし。
一、摂生を怠るべからず。

今も語りぐさ、健次郎の教育

明治専門学校の総裁時代の健次郎は教授として連れて来た女婿の寺野寛二の教員住宅に住んだ。飾らない人柄がたちまち生徒に慕われ、生徒たちはいつの間にか、

「親父、親父」

といって教員住宅に押しかけるようになった。

健次郎はキセル煙草を吸いながら、

「我が輩が」

といって白虎隊やアメリカ留学時代のことを話すのだった。所用で東京に帰ることも多かったが、戸畑駅まで寮生が出迎えると、

「以後、迎えに来ることはならぬ」

と諭した。公私混同は大嫌いだった。

健次郎の教育方針は厳格の一語に尽きた。軍事教練にはことのほか力を入れた。亡国の民はいかに悲惨な運命をたどるか、会津の敗戦で骨身にしみていた。それを避けるには国民皆兵で臨まなければならない、というのが健次郎の考えだった。

学生は起床ラッパで起き、冷水摩擦、兵式体操を行い、総裁訓話もよく行った。訓話は世界の大勢、時事問題から歴史と多彩だった。

ここでの四年間は健次郎にとっても思い出深いものになった。学生も健次郎もすべて真剣に取り組んだ。なかでも軍事教練は強烈だった。

「私は会津の戦争で辛酸をなめた。祖国を守るための軍備は絶対に必要である」

健次郎はこのように学生に説いた。全寮制なので統制のとれた訓練が可能だった。陸軍から派遣された士官の指導で操銃、行軍、演習、野営などを定期的に行い、明治専門学校の卒業生は、陸軍歩兵軍曹の扱いを受けた。

健次郎は寮の食堂で茶話会も開いた。さらには詩吟、剣舞などの隠し芸大会があった。

「先生、なにかお願いします」

あるとき学生から声が飛んだ。どうなるのか、学生たちは固唾をのんで健次郎を見つめた。

健次郎はやんやの拍手を受けて、おもむろに壇上に上がった。

「なにをしようかな」

と一瞬考えた。アメリカ時代に覚えた隠し芸が頭をかすめた。それは鶏の芸だった。健次郎はハンカチを取り出した。それから、

「えへん」

と咳をした。

「ある人、洋行して食堂に入り、卵を注文せんとしたが、言葉が通じずいかんともしがたい。そこで工夫を凝らした。ハンカチを出して、しきりに卵の形を作らんとしたが、一向に分かってもらえない。そこで考えた。これは鶏になるしかない」

健次郎はこう喋ったあと、また咳を一つして、背を伸ばした。さあ、どうなるのか。学生たちの注目のなか健次郎が鳴いた。

「コケコッコー、コケコッコー」

学生は大笑いし、万雷の拍手がわき上がった。この話はたちまち全校に広がり、健次郎の人気はますます高まった。

若者を手塩にかけて育てる喜びを、健次郎は日々感じた。明治専門学校の同窓生の間には、いまもこうした話がまるで昨日のことのように語り伝えられている。健次郎の折り目正しい礼

儀作法もエピソードの一つとして語り草になっている。

退官してからだが、明治専門学校を訪問したことがあった。数名の寄宿生が健次郎の宿を訪ねた。ところが、

「まだ袴が着いていない」

と、どうしても会ってくれない。翌日、宿に袴が着いてやっと会うことが出来た。堅苦しいといえないこともないが、健次郎はそういう人だった。

電話をかけるときは必ず「山川健次郎」といい、相手にもフルネームで名乗ることを求めた。そうでないと電話に出ないときもあった。

これもある意味で無言の教育であった。しかし健次郎の本当の姿は優しさだった。いつも真剣に生徒を思い、気をつかった。家族にも優しい父親で、子供たちへの手紙には、

「お土産を買って帰るからおとなしくしているように」

と、いつも書いてあった。鳥取の旅館に泊まったとき、そこの旅館に男子が誕生した。

「先生、ご命名を賜りたい」

と旅館の主人に頼まれ「健一」と命名したこともあった。

九州帝国大学総長

明治四十三（一九一〇）年秋、第二次桂内閣は東北と九州に帝国大学を設置することを決め、九州帝国大学の初代総長として健次郎の出馬を求めた。

「困ったことになった」

と、健次郎はつぶやいた。明治専門学校の日々は充実しており、精神的には満足だったが、国家事業である九州帝国大学の立ち上げも大事だった。

健次郎は明治専門学校の総裁と兼務してもよいという条件付きで受諾した。このときも単身、博多駅に下り立ち、誰の迎えも受けなかった。

入学式の日、健次郎は学生たちに次のように訓示した。

「諸君は最高学府の学生であり、将来、国民の模範とならねばならない。今日、大学の最大の弊害は学者が講義本意、試験本意となって自発的研究をする態度に欠け、試験の優良のみを目的としていることである。学生も学術のみに走って人格の修養に欠けていることである」

と、大学を取り巻く現状を厳しく批判し、人格の修養に努めるよう説いた。

人命は尊重すべき！　錦の御旗は正義にあらず！

在任して間もなく健次郎の発言をめぐって、九州の言論界が二つに割れて激論する問題が起こった。事の発端は天皇の行幸だった。

明治四十四（一九一一）年十一月、明治天皇が九州に行幸され、陸軍大演習をご覧になった。そのとき門司駅構内で、御召し列車が脱線する事故があった。

天皇はこれに乗車していなかったが、世間は門司駅の関係者を厳しく非難した。それは凄まじい勢いだった。責任を感じた門司駅構内主任の清水正次郎が鉄道自殺を遂げ、ふたたび話題

騒然となった。世間の非難はやがて同情に変わった。健次郎はこのとき、思い切った見解を『福岡日日新聞』に発表した。それは、

「人命は尊重すべき」

であるという意見だった。

「世間で耳にすることだが、学校が火災に遭い、天皇のご真影を運び出そうとして、命を落とした校長もいる。ご真影も大事だが、教師の命も大事である。命を捨ててまでご真影を救う行為に私は疑問を感じる。今回の自殺も同じ問題が含まれている」

健次郎はこういい切った。

これはある意味で、タブーに触れる発言だった。健次郎としては、天皇という大義名分のもとに人の命が軽視される時代風潮に警告したつもりだった。しかし世情は騒然となった。新聞紙上で双方の意見がぶつかり合い、国会でも健次郎の責任追及の声があがった。

健次郎は一言も弁解しなかった。正論という確信があった。健次郎は天皇を極度に神格化することに疑問を感じていた。錦の御旗を掲げればなんでも正義だという、日本人の単純きわまりない発想をよくないと思っていた。それは天皇を安易に利用することでしかなかった。

このままでは、よくないことが起こる。健次郎にはそうした予感があった。会津の白虎隊士であったという自身の体験にもあずかっていた。なぜなら会津は朝敵と見なされ追討されたが、それはまったくの濡れ衣であり、言いがかりであった。

天皇も人間である、神格化はよくない。そういう思いがあるからだった。これだけのことを

明快にいえたのは、当時健次郎をおいてほかになかった。
その後、太平洋戦争の敗戦にいたり、無残にも大日本帝国は崩壊するが、その大きな原因は、錦の御旗に頼る無責任体制に尽きた。健次郎の凄さは、ここにも表れていた。

再び東京帝大総長に

九州帝大総長を二年務めた健次郎は、ふたたび東京帝大総長に就任を要請された。浜尾総長の枢密顧問官への親任に伴う後任人事である。一部に九州での発言を問題視する向きもあったが、適任者は健次郎をおいてほかになく、奥田義人文部大臣のたっての願いで復職することになった。これも異例の人事だった。

大正二（一九一三）年、二度目の東京帝大総長の職に就いた健次郎は工科大学と理科大学の拡張に努め、文科大学も東洋史学、教育学、社会学の講座を新設した。

また財界からの寄付でヘボン講座の開設、安田講堂の建設にも踏み切った。

こうして今日の東大の基礎を固めたのだった。

愛弟子愛橘の涙

この間、もっとも驚いたのは田中館愛橘の辞意だった。愛橘の在職二十五年の祝賀会の席上、突然、愛橘が辞意を述べた。理由は六十歳になったので、後進に道を譲るというものだった。

健次郎には一言の相談もなく、出席者は呆然とした思いで辞意を聞いた。健次郎は近く開設する航空研究所の重要スタッフに予定していただけに困惑した。

「突然すぎるじゃないか。辞表は認めないよ」

健次郎が強い口調でいっても愛橘は考えを変えなかった。一人娘を男手で育てて来た愛橘に、なにかが起こったのだった。あるいは、人生に疲れを感じたのかも知れなかった。

考えてみれば愛橘は研究と子育てに没頭する日々だった。ときにはモーニングの上に理科大学と染め抜いた大風呂敷を背負い、自転車で市内を走りまわることもあった。風呂敷の中身は研究書やノートだった。体裁など一切気にしない人だった。

危ない危ないと思っているうちに転倒して、左の大腿骨を折り、治ったものの左足が三センチも短くなっていた。そんなことも影響したかも知れなかった。

このときほど健次郎は自分の無力さを感じたことはなかった。自分が育てた愛弟子の心のなかが分からなかったことを恥じた。しかし健次郎も頑固である。

「航空研究所を間もなく立ち上げる。そのときは戻ってくるように、これは命令だ」

その迫力は凄かった。

「すみません」

無言だった愛橘が、ぼろぼろと涙を流した。しかし、ついに戻るとはいわなかった。

健次郎はそれ以上、愛橘に問うことはしなかった。時間が必要だった。

千里眼事件

人間、誰しも〝あれっ〟と思うことが、一つや二つはある。そこから意外な人間性が見えたりする。この時期、健次郎は「千里眼事件《せんりがん》」という不可解な事件に巻き込まれた。

明治四十三、四年頃、「千里眼」という一種の精神作用をなす人が現れ、世間を騒がせた。

千里眼の主は熊本県の御船千鶴子という、まだ二十五歳の若い女性だった。名刺を封筒に入れて渡すと千鶴子はこれを指でさすったり、額に当てたりして判読した。

もう一人、香川県丸亀の長尾郁子は念写を行った。これは指定された文字なり絵を強く心に念じつつ、これを写真乾板に写すもので、新聞でも大きく報道された。

健次郎はこのことに大いに興味を抱いた。何人かの学者がこれに取り組み、なかでも京都帝国大学の精神病学者今村新吉博士と東京帝国大学の心理学者福来《ふくらい》友吉博士が、何度も熊本へ出かけて、千鶴子の能力をテストした。そして東京で実験が行われることになり、その立ち会いに健次郎が選ばれた。

健次郎はエール大学時代に同じような体験をしていた。学生に透視能力者がいて、評判になっていた。大学側がその学生を呼んで実験したところ、学生は壁を隔てた隣の部屋にある物を間違いなくいい当てた。

実験は明治四十三年九月十四日、麹町の実業家大橋新太郎の邸宅で行われた。立会人は健次郎のほかに弟子の田中館愛橘、さらに東京帝大医科大学学長大沢謙二、文科大学教授川上哲次郎、東京帝大名誉教授三宅秀、東京高等師範学校教授丘浅次郎といった顔ぶれだった。

健次郎は前日から実験の準備に余念がなかった。小学校で習う文字の中から三字ずつ二十組を選んでその一組ずつを名刺に書き、これを二十個の鉛管に収め管の両端をハンダづけにした。

「これなら絶対に見えないはずだ」

と愛橘が太鼓判を押した。

当日の午後二時、いよいよ千鶴子の透視実験が始まった。千鶴子は人のいない二階の一室に正座した。健次郎と大沢が二階に上がり、千鶴子を監視した。千鶴子は鉛管を見つめた。しばらくすると千鶴子は、

「分かりました」

といった。千鶴子は「盗丸射」と紙に書いた。千鶴子は自信に満ちた顔だった。ただ「盗丸射」という字に健次郎は覚えがなかった。ポケットから鉛管に入れたと同じ紙片を取り出して見たが、その字はなかった。おかしな話だった。念のために鉛管を開いてみた。ところが不思議なことに、鉛管のなかに「盗丸射」と書いた紙片があった。

「これは一体、どうしたことだ」

健次郎がいった。鉛管は健次郎が用意したものではなく、すり替わっていたのである。これは明らかに詐欺行為であった。どうも犯人は福来博士と考えられ、その文字は前夜、練習用に千鶴子に与えたものに違いなかった。そこで急遽、鉛管を取り替えると、千鶴子は当てることが出来なかった。千鶴子の千里眼は、どう見ても眉唾《まゆつば》であった。

しかしこれだけで虚偽と断定は出来ない。さらに千鶴子が止宿する神田淡路町の関根屋旅館

で、後日、改めて透視の実験が行われた。実験は名刺を二重の封筒のなかに入れて試みたが、案の定、透視することは出来なかった。

ところが千鶴子はほかの立会人が書いた七枚の名刺のなかから一枚を選んで錫の壺に入れ、この方は的中した。それは「道徳天」と書かれたものだった。健次郎はいぶかり、かつ驚き、取材に来た新聞記者に、

「かかる認識がなんであるか、皆目検討がつかない」

と首をかしげた。それからしばらくして、千鶴子が服毒自殺する事件が起こった。千鶴子は重荷に堪え切れなくなり、自殺したのではないかと噂された。

疑惑の正体

健次郎は千鶴子が服毒自殺したあとも、千里眼事件に取り組んだ。

今度は丸亀の長尾郁子だった。郁子の夫は裁判所の判事だった。そのことも念写に微妙な影響を与えていた。この念写に取り組んだのは京都帝大文科大学の学生三浦恒助である。三浦は長尾夫人に写真感光の能力があるとし、これを京大光線と名づけたと発表した。そこで千鶴子にかかわった研究者が実験を行うことになった。

健次郎は明治四十四（一九一一）年正月三日、東京を発ち、翌四日午後に丸亀に着いた。

長尾家で念写をしてもらいたい人は、必ず乾板を事前に持参し、一定の時間、玄関脇の準備室に放置しておかなければならなかった。透視も同じで、透視してもらいたい字を準備室の指

定の机の上で書くことを求められた。つまりその間に何者かがそこに忍び込み、小細工を行っているに違いなかった。

　健次郎は旅館に荷物を置くとすぐ長尾邸に向かい、四時半から透視の実験を始めた。実験の道具として東京から多くの封筒を準備して来た。ところが夫人は糊のついた封筒を嫌ったので健次郎はやむなく、実験会場に定められた一室に入って、出来るだけ外部から見えないように、注意して字を書いた。ところが夫人は、

「疑惑の暗雲が真っ黒にふさがって実験物が現れない」

といって透視を断った。さらに実験を試みたが、成功はしなかった。

　夜、改めて実験が続けられた。健次郎は「十心乍」の三文字を片袖で覆いながら書いた。郁子はまたも透視出来なかったが、一部の文字は的中した。どうしてなのか、どうもよく分からなかった。

　翌日には念写の実験を行った。ところが、長尾家の娘が胃痙攣を起こしたため実験は中止となり、改めて夜に行われた。その結果、「正」の字が一回失敗したが、その後、見事に成功した。しかし念写された文字は健次郎の筆跡とはまるで異なった女文字だった。加えて実験用の乾板に手を加えた跡があった。

「明らかに疑惑ありありだ」

　健次郎は断定した。普通ならこれで実験は打ち切りのはずだったが、健次郎は、専門家を加え、さらに数々の実験を試みた。最終的な結論はもちろん、

「正当なものにあらず」

で、新聞は、

「千里眼が馬脚を現した」

と書いた。長尾家でも郁子の精神的不安を理由に実験には応じなくなった。健次郎は千里眼を否認し、警察も動いて捜査する事態にまで発展した。

「神の手」と呼ばれた考古学者が、実は自分で石器を埋め、旧石器時代の遺跡を発見したと称していた詐欺事件が後年、起こっているが、このときもすべて郁子の捏造の公算が強まった。

健次郎はなぜ、これらの実験に自ら加わったのか。この頃、こんな投書があった。

「千里眼がたとえ山川博士の考えられたごとく、迷信の助長になり、世のなかを毒することがあるにせよ、猫も杓子も狂奔して丸亀に向かい、熊本に赴くというとき、氏のごとく教育界に重きをなす大人物が軽々しく足を挙げたことは誠に遺憾であって、こういうことは後輩の学者たちに委せてしかるべきではあるまいか」

このとき、健次郎は愛橘に、

「迷信の流行だよ。これが頻発すれば由々しき問題だ。これは防がねばならん」

といった。健次郎は迷信の多発を憂えたのだった。熊本、丸亀の透視、念写以来、全国に類似事件が発生していた。健次郎が世間的に有名になったこの事件、健次郎が意図したのは詐欺まがいの事件の防止だった。こうして千里眼事件は終息した。

第十章　そして ～巨星の生涯～

悲劇の始まりの地にて

大正三（一九一四）年八月、健次郎は京都帝大総長も兼任することになった。沢柳政太郎総長と教授会の対立から学内紛争が持ち上がり、文部省は健次郎に東京帝大総長との兼務を打診した。これも異例のことであった。ちなみに沢柳政太郎は成城学園の創立者である。

健次郎はこの年八月二十三日に夜行列車で東京を出て、翌日、午前七時に京都駅に着いた。健次郎は紐の擦り切れた時代もののニッケル時計をポケットに入れ、色のあせたパナマ帽をかぶり、質素そのものの服装で現れた。

それまでは各分科大学の学長はそろって金時計をしていた。しかし総長がニッケルなのでそれではバランスがとれないということになり、いつの間にか金時計をする人はいなくなった。これが最初の健次郎効果だった。このとき、夏期休暇の最中だった。

「出かけるところがある」

と、事務官にいい残して健次郎が向かったのは、京都守護職時代に会津藩の本陣がおかれた、黒谷の金戒光明寺《こんかいこうみょうじ》だった。ここには会津藩の墓地があり、鳥羽伏見の戦争などで戦死した会津藩兵が埋葬されていた。健次郎は焼香し、感無量の面持ちで英霊に黙禱した。

会津藩の悲劇は京都から始まっていた。幕府の命令で京都に赴任した会津の人々は薩摩や長州の過激派との騒乱に巻き込まれ、ついに鳥羽伏見の戦争となり、江戸から会津へ敗走した。

いま自分が京都帝大総長として、ここに立っていることが不思議だった。

九月十四日の宣誓式で健次郎は次のように挨拶した。

「我が国民に熱烈なる忠君愛国の精神がなければ、大日本帝国を維持することは困難である。諸君には天下の青年の模範になるよう勇気の錬磨、修養を望むものである」

格調高い挨拶は出席者の魂を揺さぶり、翌日『大阪朝日新聞』がその内容を大きく掲載した。

「山川総長は武人乃木大将に匹敵する立派な風格の持ち主である。薩長勢を向こうにまわして会津の孤城に悲しむべき運命の戦を行った会津武士の権化である」

健次郎にとっても嬉しい評価だった。夜、健次郎は総長主催の茶話会を開いた。学生は緊張して健次郎を見つめた。しかし健次郎は、

「学生諸君、胸襟を開いて談笑あらんことを願います」

といってさっと壇を降り、学生と対話した。京都の勤務は学内が正常化し、後任の総長が決まるまでの十か月であった。

次期天皇の教育掛として

東京に戻った健次郎は伝染病研究所を内務省から文部省へ移管する問題や、理化学研究所の充実など我が国の基礎研究の発展に尽力した。

健次郎は我が国の教育界の重鎮であり、総理大臣や文部大臣も教育問題は健次郎に意見を求めた。歴代の文部大臣は健次郎の考えを聞いてから教育行政に取り組むのが通例になっていた。大学教育界の大物であった。

大正三（一九一四）年三月、健次郎は東宮御学問所評議員に選ばれた。のちの昭和天皇の学問所である。総裁は東郷平八郎元帥で評議員は学習院院長の大迫尚敏《おおさこなおとし》と健次郎、さらに陸海軍の将官の四人だった。

もともと健次郎を推薦したのは乃木希典大将だった。陸軍を退役して学習院院長を務めた乃木は、教育者の立場から健次郎を皇太子の教育担当の一人に推薦していた。

乃木将軍は明治天皇が崩御されたとき、殉死したが、その意向を伝え聞いていた東郷平八郎元帥が健次郎の就任を強く求めた。ときの総理大臣山本権兵衛、文部大臣奥田義人も異存はなかった。

「畏れおおいことです」

健次郎は感無量の気持ちで大任を受けた。健次郎は皇室に刃向かったとして朝敵の烙印を押された会津藩の出身であった。会津藩の人々は罪人同然に青森県下北半島の地に移され、多くの犠牲者を出した屈辱の歴史を持っていた。

東宮御学問所評議員には、未来の天皇をどうご教育するか、という重大な責任があり、このことは会津は朝敵にあらずということを意味した。受諾した夜、妻銻が、

「旦那さま、本当におめでとうございます」

と玄関に正座して迎えた。

「うん」

と健次郎はうなずき、恩人である長州人奥平謙輔の書に一礼し、それから食卓についた。

銻が差し出した冷や酒をうまそうに飲み、

「今日ほど嬉しいことはない。会津は朝敵ではないのだ」

といって盃をかさね、ほろぼろと涙を流した。銻もまた感涙にむせび、二人は無言のまま顔を見つめ合った。

健次郎六十一歳のときであった。

男爵に。そして最愛の人との別れ

評議員を引き受けた以上、全力を尽くすのが健次郎のやり方だった。倫理の進講者には旧幕臣の杉浦重剛を起用し、数学は理科大学教授吉江琢児《よしえたくじ》、地理科も理科大学教授の山崎直方《なおまさ》を推薦した。物理化学についても教師の選任はもとより自ら教科書の選定にも当たった。

大正四（一九一五）年十二月、健次郎は長年にわたる功労で男爵の爵位を授けられた。旧主君松平容保は一つ上の子爵であった。それなのに家臣の自分が兄に続いて男爵の称号を得たこ

とに健次郎はまたも感涙した。
この頃、妻鉚が俄かに健康を損ねて倒れた。健次郎の驚きは大きかった。大学病院で診察を受けると胆石病ということだった。健次郎は急いで大学病院に入院させた。闘病生活は八十日にも及び、一時はよくなったが、回復せず、大正五年三月二十三日、鉚は五十二歳で息を引き取った。健次郎とは三十五年の結婚生活だった。華やかな舞台に出ることが嫌いで、いつも家庭にいて健次郎を支えた妻だった。
一日も欠かさず付けた日記は前年の十二月十六日で終わっていた。亡くなる前の三か月間は病状が重く、日記を書く気力を失っていた。大正三年十一月八日の日記には次のようにあった。

今日は朝七時半ごろ支度して男山八幡さまへ出かける。旦那さまと鉚二人にて行く。まず初めハ幡さまへ行く。石だんいくつとなく上り、坂道にて、なかなか骨折、旦那さまそれはそれは、おやさしく静かに御出下され、もったいなき位にて、一番上の石だんの下の茶やにて休み、外とう、コートあずけてのぼり、お参りして武運長久、旦那さまと子供たちのため、祈り、ただありがたくてならぬ。

健次郎は妻の日記を読んで胸がつまった。いい妻を持ったと健次郎は目頭を押さえた。

師弟愛

健次郎は大正九（一九二〇）年六月、東京帝大を退官した。東京開成学校を含めると、実に四十四年にも及ぶ東京帝大への奉職だった。

この間、明治専門学校の総裁、九州帝国大学、京都帝国大学総長を務めたが、東京帝大と兼任の時期もあり、東京帝大に一生を捧げたといっても過言ではなかった。嬉しかったことは、愛弟子の愛橘が航空研究所に戻ってくれ、航空機の研究に力を尽くしてくれたことだった。

「私は先生から離れることは出来ません」

愛橘はそういって泣いた。健次郎は嬉しかった。

「先生、奥さまがおられないご不自由お察しするにあまりあります」

愛橘がいうと、健次郎は、

「いやあ、館さんの苦労がやっと分かったよ。館さんは男手一つで娘を育てたんだから大変だったなあ」

としんみりした口調だった。そんなに年齢は違わないが、二人は日本の物理学における教官と弟子の第一号であり、その結び付きは特別なものだった。しみじみと語り合う二人を見て、長岡半太郎ももらい泣きした。

森戸事件

悲しかったのは森戸事件である。大正九年八月末に発行された経済学部の機関雑誌『経済学

研究』に、経済学部助教授の森戸辰男《たつお》が「クロポトキンの社会思想の研究」と題する一文を掲載したことに端を発した。内務省は、

「社会主義を紹介したもの」

としてこの雑誌を発売禁止処分とした。結局、森戸を休職処分にせざるをえなくなり、学生との間に紛糾もあった。健次郎はこれを収めるべく文部省に交渉したが、今度は司法当局が、社会主義思想を広めんとしたとして森戸と『経済学研究』発行人の大内兵衛の二人を起訴する事態になった。

総長としてこれは痛恨きわまりない事件だった。二人ともまだ若い研究者である。社会主義思想の文献を読むことも一つの勉強だった。にもかかわらず社会主義研究を即社会主義革命と結び付けられた。健次郎が森戸を呼んで将来ある身だからと自重を求める一幕もあった。戦争の危機が迫るなか、自由が規制される時代になっていた。

殺到する講演依頼

晩年の健次郎が求めたのは悠々自適の暮らしだった。妻が生きていれば、毎日が楽しい語らいであったろうが、それがないのがつらかった。幸い長男夫婦との同居だったので、寂しいことはなかった。

長男の洵は東京帝大農学部を卒業して水産講習所の教授をしていた。次男と長女は早世し、三男憲は満州に渡り、四男建は兄浩の家を継ぎ、貴族院議員の要職にあった。次女佐代子は明

治専門学校から九州帝大教授に転じた寺野寛二の妻、三女照子は東京帝大医学部教授東龍太郎の妻だった。龍太郎はのちに東京都知事を務めている。

筆者は照子に会ったことがある。健次郎についての取材の際だった。

「父は鶴のように痩せていて、いつもしゃんとしておりました。ときおり白虎隊の話を聞かせてくれたものです。怒ると怖い父でしたが、普段は優しく、母をいたわっていました」

照子はそう語ってくれた。照子は写真で見る健次郎の風貌によく似ていた。これは筆者が健次郎の身辺の人から聞いた数少ない証言の一つだった。

健次郎はこの時期、何かに憑《つ》かれたように、積極的に地方での講演活動を行った。

全国から殺到するすべての講演を引き受けたわけではなかったが、小学校、中学校、師範学校、高等学校、専門学校などを重点的にまわった。

大正十二年（一九二三）には次のように一年間に三十回もの講演会を行った。

四月　十二日　熊本第二師範学校、熊本中学校、熊本高等女学校
四月　十三日　熊本女子師範学校、済々黌、第五高等学校
四月　十四日　熊本第一師範学校
四月　十六日　宮崎中学校、宮崎師範学校、宮崎農学校
四月　十七日　延岡中学校、延岡高等女学校
四月　十八日　宮崎高等女学校

四月　十九日　都城中学校、都城高等女学校、小林中学校
四月二十一日　福岡高等学校、福岡女子師範学校
四月二十三日　福岡女子専門学校、明治専門学校
四月二十四日　小倉師範学校、小倉中学校
四月二十五日　福岡中学校
四月二十七日　和歌山高等商業学校、和歌山師範学校
四月二十八日　和歌山中学校
五月　十四日　大阪天王寺師範学校、天王寺女子師範学校
十二月　八日　東京府主催詔書奉戴講演会
十二月十六日　京都市主催詔書奉戴講演会

この年は一日に三回というハードスケジュールもこなした。

語り継ぐ会津の悲劇

各地方を重点的にまわるのが健次郎のやり方で、大正十四年には盛岡、山形、米沢をまわり、翌十五年には広島、長野、昭和二年には仙台、翌三年には徳島、高松、赤穂をまわった。赤穂中学校では「白虎隊」と題して、ともに国を思い、行動した赤穂浪士と白虎隊の共通性について熱弁をふるった。

健次郎は個人の講演会では必要最小限の旅費を除いて講演料は受け取らず、夜の宴席にも出なかった。

講演の内容は「日本の現状」「乃木大将の殉死」「武士の信義」「武士道」「白虎隊の回顧」などで、演壇での健次郎は威厳と風格に満ち、聴衆は健次郎の一言一句に引きつけられ、深い感銘を受けた。

とくに白虎隊の話に及ぶと健次郎はしばしば感きわまり、米沢で行われた財団法人国本社の米沢支部発会式の講演会では言葉につまって立ち往生し、突然、降壇したことがあった。戊辰戦争における健次郎の体験が、いかに過酷なものであったか、人々は改めて知り、涙を流した。

「あの戦争は実にひどいものでした」

いつも健次郎はそう語り、戦争を賛美することは絶対になかった。しかし、この全国行脚も長くは続かなかった。

鉄道王根津嘉一郎の懇請

大正十四（一九二五）年二月、今度は七年制の武蔵高等学校から顧問就任の要請があった。現在の武蔵大学、武蔵高校である。この学校は「鉄道王」と呼ばれた実業家根津嘉一郎《ねづかいちろう》の出資によって作られた学校だった。設立の計画段階から健次郎に相談があり、なにかと協力をして来た。そしていよいよ開校の段階になって、

「顧問として運営に携わっていただけないか」

というものだった。

七年制の高校とは旧制の中学校と高校を一貫教育で行うもので、今日の中高一貫教育と似ていた。当時の教育年限は中学校五年、高校三年だったので、本来は八年生となるのだが、飛び級が認められていたので、一年短縮して七年制としたのであった。

創設者の根津嘉一郎も立派な人物だった。根津は万延元（一八六〇）年、甲斐国東山梨郡正徳寺村に生まれた。現在の山梨市である。郷里で村会議員や県会議員を務め、その後、青雲の志を抱いて上京し、電灯、鉄道、ビール、食品、セメント、紡績、保険など多岐にわたる事業を展開した。そして大正の初め五十歳代の半ばで、実業界に確固たる地位を築くに至った。

当時は第一次世界大戦期に当たり、世界全体が変革期にあった。高等教育の拡大もその一つだった。大正六年の臨時教育審議会で、帝国大学以外にも単科大学を含めて官、公、私立の大学設置が認められ、さらに七年制の高校の設置も認められた。

育英事業を進めていた根津はこの七年制高校の創設に意欲を示した。中学と高校を結び付け、七年の一貫教育で青年を鍛えることは魅力に富んだ事業であった。

建設地は武蔵野の面影が残る北豊島郡中新井村で、二万四千坪の広さだった。明治専門学校よりは狭かったが、敷地内には欅、樫、桜などが林をなし、小川も流れ、恵まれた環境だった。この段階から相談があり、明治専門学校での経験を話した。校名は最初、東京高校だったが、文部省が同名の高校の設置を計画しており、所在地がかつての武蔵国であることにちなみ武蔵高校になった。

健次郎は七十二歳になっていた。激務は無理なので顧問ならばと運営に協力することを引き受けた。初代の校長は一木喜徳郎《いちききとくろう》であった。ところが一木が宮内大臣に就任することになり、校長の席があいてしまった。

「山川先生、なんとか校長をお願い出来ませんか」

根津が何度も健次郎の自宅を訪ねて懇願した。

「それはしかし」

健次郎は正直、困ってしまった。だいたい年齢が七十を越している。顧問なら協力も出来ようが校長は無理だ、と健次郎は何度も辞退した。しかし根津は下がらない。

「山川先生、日本の将来はいかに有為な青年を育てるかにかかっております。先生、それをなんとかお願いしたいのです」

ここまでいわれ、引き下がれない。健次郎の思想信条からいって、受けるしかなかった。

「分かりました。精いっぱいやりましょう」

健次郎は根津に約束した。健次郎は顧問から二代目校長になった。

誠心誠意の校長として

校長としての初登校は大正十五（一九二六）年の四月十二日だった。明治専門学校と同じように寮生活を重視し、軍事教練も行い、人間形成を第一に掲げる一貫教育を主張し、それが取り入れてあった。

毎日のように寮をまわって、井戸水の水質検査を行い、調理場には金網を張って蠅が入らないようにし、調理場の倉庫にはいつも石灰を撒いて衛生に注意した。

「生徒に万一のことがあってはならん」

舎監や調理人には厳しくいった。ここから伝染病が発生したとあっては、面目まるつぶれであり、実に細かいところまで気配りした。孫のような生徒はいつも健次郎にまとわりついた。

そのときの健次郎の目はいつも柔和で、精神的満足感にあふれていた。

開校してまだ一年たらずであり、すべてが健次郎の双肩にかかった。健次郎は全力を尽くして学校づくりに励んだ。

「校長先生、少しはお休みになられてはいかがですか」

教頭の山本良吉がいくら心配しても、休むことなく学校に姿を見せた。

「これからは世界を見なければならぬ」

職員会議でこういい、生徒の外遊制度も作った。その資金として自ら二百円を出した。中国など近隣諸国には毎年二人、アメリカやヨーロッパなど遠隔の地には、年一人を派遣した。

健次郎の生徒一人ひとりに対する気配りも大変なものだった。生徒が砲丸投げの見学中、誤って砲丸が頭に当たる事故があった。健次郎はすぐに校庭に走って行き、すぐ現場で指揮を執り、生徒を動かさずに校医を呼んで緊急手当を試みた。頭の怪我は油断出来ない。幸い生徒は意識もあり、後遺症もなくてすんだ。

また寮生が発疹チブスに罹ったことがあった。他の生徒への感染はなかったが、この生徒は重体になった。危篤の報に接するや健次郎はすぐに病院に向かい見舞ったが、気の毒にも息を吹き返すことはなかった。健次郎は遺族に自分の懐から弔慰料を贈り、遺骸を浅草駅まで見送った。家族は健次郎のこうした行為に感泣した。生徒たちにも感動を与えた。

健次郎はすべてに誠心誠意で当たった。五年間にも及ぶこうした健次郎の行為はすべての人の心を打った。世紀の名校長であった。

旧藩主への献身

この間、健次郎が心血を注いだことは、ほかにもたくさんあった。会津松平家の顧問として窮乏生活に陥った旧主君松平家の救済に当たり、宮中から三万円下賜の実現を見たことも、その一つである。

本来、旧松平家の領地は二十八万石であり、そのクラスの旧藩主は華族令により伯爵の爵位を与えられたが、会津藩は斗南三万石に格下げになり、爵位も一ランク低い子爵であった。朝敵の汚名を一掃すべく、旧藩主松平容保の孫娘節子姫の皇室入りを実現させたのも健次郎の離れ業だった。

節子姫の父は松平容保の四男恒雄で、このときは駐米大使の要職にあった。節子姫は皇太后陛下と名前が同じであったため勢津子と改名し、昭和三（一九二八）年一月十八日、秩父宮から松平家にご結婚の申し込みがあり、ここにめでたく婚約が整ったのだった。

健次郎は御納采の答礼使として宮殿に参上し、お礼を述べた。

武蔵高校の校長だった健次郎に、教頭の山本良吉は恐る恐るお祝いを申し上げた。

「会津家ご先代の御志がいま初めてお上に通じ、定めて地下でお喜びでございましょう」

といって健次郎に深々と頭を下げた。すると健次郎はハラハラと涙を流し、その涙が校長の机の上にポタポタと落ちた。それから、ただ一言、

「ハア」

といっただけで、健次郎は言葉につまって、なにもいうことが出来なかった。山本は健次郎の顔を見ることが出来ず、じっとうなだれるだけだった。

繰り返しになるが、会津藩は幕末、京都守護職として京都に赴任し、孝明天皇の厚い信頼を受けていた。しかし政争に巻き込まれて一転朝敵に落とされ、全国の諸藩から袋叩きに遭った。

会津城は一か月にわたって包囲され、家を焼かれ、人は殺され、刀折れ矢尽きて降参した。

それで終わることはなかった。下北の極寒の地に流され、飢えに苦しみ、極貧の暮らしを強いられた。

その会津藩の旧主君の孫娘が皇室に入るのだ。健次郎の胸ははり裂けんばかりであった。

心残り

晩年の健次郎が力を入れたものに『幕末会津史』の編纂事業がある。『京都守護職始末』『会津戊辰戦史』を編纂し、幕末の会津藩の立場を鮮明にし、あの苦しかった会津戊辰戦争の全容

をも明らかにした。

この二冊は幕末会津史の根本史料であり、これを抜きにしては、会津の研究は成り立たない名著である。

昭和五（一九三〇）年、健次郎は七十七歳になった。足腰がめっきり弱くなった。こんなとき、妻がいてくれたらといつも思った。確実に老いが迫り、もう第一線で働くことは難しかった。リウマチの症状が現れ、歩行も難しくなった。

この年十月、健次郎は健康上の理由で武蔵高校の校長を辞した。教職員も生徒も老校長に惜しみない拍手を送った。七十七歳まで第一線で働けたことに健次郎は感謝した。

思えば長い人生だった。しきりに会津のことが思い出された。悲惨だった籠城戦のことも鮮明に記憶にあった。

気になるのは、反米感情の高まりだった。健次郎が接したアメリカの人々は皆、親切だった。健次郎のために英語の補習をしてくれ、学資として私財までも与えてくれた。

アメリカ人を鬼畜などという人もいたが、それは大きな誤りだった。そして大事なことは、彼らは豊かな国力を持っていることだった。戦争など絶対にすべきでないことは明らかだった。

もし、いま五十代、六十代であったならもう一度渡米し、アメリカの人々に日本の姿を説き、また日本国内を遊説して日米の友好を説いてまわりたかった。

「それが出来ぬのはつらい」

時折訪ねてくる田中館愛橘や長岡半太郎にこのことを強くいった。

「いいか、心して欲しい、日米戦争などまったくばかげておる。そういうことをいう者は浅薄《あさはか》で思慮のない者どもである。日米双方にとってまったく益のないことであり、両国の識者が話し合うべきだ」

ともいった。またこんなことも口にした。

「およそ世のなかで戦争ほど悲惨なものはない。親は子を失い、子は親を失う。妻は夫を失い、妹は兄と別れる。会津の戦争でいやというほど見て来た。死者だけではない。手を失い、足を失い、目を失う。世界大戦では千万にのぼる死傷者が出たではないか。これを繰り返してはならぬ」

健次郎はそういって昨今の情勢を嘆いた。

偉大な生涯

日本は大きな転機にあった。

大正十五（一九二六）年十二月二十五日、大正天皇が崩御され、昭和の時代を迎えたが、昭和天皇はまだ二十六歳の若さだった。

三年前に関東大震災があり、昭和二年には金融恐慌が起こって若槻礼次郎内閣が総辞職し、そのあとを受け継いだ田中義一内閣は山東出兵に踏み切り、中国と戦闘状態に入った。やがて満州事変が起こり、日本は本格的な日中戦争に入るのだが、健次郎はそのことが日米戦争に発展しはしないかと心配した。

昭和五年は持病のリウマチの治療に専念し、どうにか越年したが、翌昭和六年正月、耳の変調に加えさらに頭痛もひどく、生活に支障を来すようになった。そこで東京帝大病院に入院し、鼓膜の切開手術を行ったが、胃潰瘍《いかいよう》を併発し、病院のベッドに横たわるようになった。

医師団が全力を尽くして治療に当たった結果、健次郎は一時は小康状態にあった。健次郎は自宅に戻った。恩師奥平謙輔先生の書がある自宅が一番、安らぐことが出来た。しかし六月に入ると胃潰瘍が悪化し、出血もあって重体に陥った。意識は薄れ、もう起き上がることは出来なかった。

六月二十六日、蒸し暑い日であった。

健次郎は近親者に見守られながら最期を迎えようとしていた。やがて呼吸が止まり、脈も止まった。臨終であった。健次郎は静かにその生涯を終えた。

それはまさしく「巨星墜つ」というにふさわしかった。

気骨ある明治人がまた一人この世を去り、日本はまぎれもなく戦争への道を走り始めていた。

葬儀は六月二十八日、小石川伝通院で行われ、霊前には秩父宮から贈られたモクレン科の樹木、樒《しきび》一対、勲一等瑞宝章と旭日桐花大綬章が飾られた。

質素な中にも清廉高潔な葬儀であった。

東京帝大総長小野塚喜平次博士は、

「先生、資性剛毅廉直《れんちょく》にして、気節の高潔なること、国士の典型というべきである」

と弔辞を述べた。

健次郎は現代の日本人に、何を問いかけているだろうか。
日本という国のあり方ではないだろうか。
書き終えて思うことは、その一点である。

【山川健次郎略年譜】

［0歳］　嘉永七年（一八五四）閏七月十七日　会津若松本二ノ丁に誕生
［九歳］　文久二年（一八六二）　会津藩黌日新館に入学
［十二歳］　慶応元年（一八六五）　日新館一等に昇級
［十五歳］　慶応四年（一八六八）　沼間守一にフランス語を学ぶ
明治元年（一八六八）九月　若松開城、猪苗代に謹慎のあと、越後に脱走、長州人　奥平謙輔の書生となる
［十八歳］　明治四年（一八七一）　米国に留学
［十九歳］　明治五年（一八七二）　エール大学に入り、三年間修業、物理学を学び、学位を受ける
［二十二歳］　明治八年（一八七五）五月　帰国
［二十三歳］　明治九年（一八七六）一月　東京開成学校教授補
［二十四歳］　明治十年（一八七七）四月　東京大学理学部教授補
［二十六歳］　明治十二年（一八七九）七月　東京大学理学部教授
［二十八歳］　明治十四年（一八八一）四月　丹羽新氏次女鉚と結婚
［三十三歳］　明治十九年（一八八六）三月　東京帝国大学理科大学教授

［三十五歳］　明治二十一年（一八八八）五月　理学博士の学位を受ける
［四十歳］　明治二十六年（一八九三）東京帝国大学理科大学長
［四十五歳］　明治三十一年（一八九八）旧会津藩主松平家家政顧問
［四十八歳］　明治三十四年（一九〇一）六月　東京帝国大学総長
［五十歳］　明治三十六年（一九〇三）十二月　東京帝国大学名誉教授
［五十一歳］　明治三十七年（一九〇四）貴族院勅選議員
［五十二歳］　明治三十八年（一九〇五）十二月　東京帝国大学総長辞任
［五十四歳］　明治四十年（一九〇七）六月　私立明治専門学校総裁
［五十八歳］　明治四十四年（一九一一）四月　九州帝国大学初代総長
［六十歳］　大正二年（一九一三）五月　東京帝国大学統長
［六十二歳］　大正四年（一九一五）十二月　男爵
［六十七歳］　大正九年（一九二〇）六月　勳一等瑞宝章を受章
［七十三歳］　大正十五年（一九二六）四月　私立武藏高等学校校長
［七十五歳］　昭和三年（一九二八）四月　勲一等旭日大綬章を受章
［七十八歳］　昭和六年（一九三一）一月　胃潰瘍発病
六月二十六日　薨去

（参考『男爵山川先生伝』）

【おもな参考文献】

『男爵山川先生伝』男爵山川先生記念会編（岩波書店）
『男爵山川先生遺稿』故山川男爵記念会編・発行
『会津戊辰戦史』日本史籍協会編（東京大学出版会・続日本史籍協会叢書）
『九州工業大学へ——明治専門学校四〇年刀軌跡』野上暁一福著（明専史刊行会）
『開学五十周年記念・五十年』（九州工業大学）
『武蔵七十年史——写真でつづる学園のあゆみ』武蔵学園七十年史委員会編（学校法人根津育英会）
『田中館愛橘先生』中村清二（鳳文書林）
『京都守護職始末——旧会津藩老臣の手記』山川浩著、遠山茂樹校注、金子光晴訳（平凡社・東洋文庫全二巻）
『会津将軍　山川浩』星亮一著（新人物往来社）
『長岡半太郎』板倉聖宣著（朝日新聞社）

本書に登場する主な人たち

※肩書きは原則として本文中に明記してあるものにしました。

孝明天皇　第一二一代天皇　明治天皇の父

【山川家】

山川健次郎
山川　鉚　健次郎の妻
山川　洵　健次郎の長男　水産講習所教授
山川　憲　健次郎の三男
山川　建　健次郎の四男　貴族院議員
山川佐代子　健次郎の次女　九州帝大教授寺野寛二の妻
山川　照子　健次郎の三女　東京帝大教授・元東京都知事東龍太郎の妻
山川　兵衛　健次郎の祖父
山川　重固　健次郎の父
山川　艶　健次郎の母
山川　双葉　健次郎の長姉
山川　大蔵（浩）　健次郎の実兄　会津藩家老　斗南藩大参事
山川　登勢　大蔵の妻　健次郎の義姉
山川　美和　健次郎の次姉
山川　操　健次郎の三姉
山川　常盤　健次郎の妹
山川　咲子（捨松）　健次郎の妹
西郷十郎右衛門　健次郎の祖父　健次郎の母の実父
寺野　寛二　九州帝大教授　明治専門学校教授　次女佐代子の夫
丹羽　新　唐津藩士　健次郎の妻鉚の父
吉井　友実　健次郎の兄浩の義父

【会津藩】

（藩主等）

松平　容保　会津藩主
松平　喜徳　容保の養子
松平　容大　松平家世子　斗南藩
照　姫　容保の義姉
松平　恒雄　松平容保の四男　駐米大使
松平　節子（勢津子）　秩父宮の妻　松平恒雄の娘、容保の孫
保科　正之　会津藩祖　徳川秀忠の第四子　家光の異母弟

（家　老）

一瀬　要人
井深茂右衛門
上田学太夫
小原　美濃
梶原　平馬　健次郎の義兄
萱野権兵衛
北原　采女
西郷　頼母
西郷　律子　西郷頼母の母
西郷千重子　西郷頼母の妻
神保内蔵助
諏訪大四郎
髙橋　外記
田中　土佐
内藤介右衛門
原田　対馬
簗瀬三左衛門
山崎　小助
横山　主税

（藩士等）

秋月悌次郎　軍事奉行添役　公用方
安部井政治
荒川類右衛門　北原采女家中
井口　真次郎　思案橋事件関係者
石田　五助　医師石田龍玄の子供　後の福島県知事
井上　丘隅　幼少寄合組中隊頭
太田小兵衛
小川伝八郎　寄合一番隊隊士
木村　丑徳　健次郎の斗南藩学校時代の同級生
木村　兵庫　青龍一番寄合組中隊頭
倉沢右兵衛（平治右衛門）　斗南藩少参事
小出鉄之助　山川大蔵の腹心
西郷　刑部　朱雀二番寄合組中隊頭
西郷寧太郎　青龍三番士小隊頭
佐川官兵衛　会津藩総督　警視庁大警部
柴　兼介　柴茂四郎の次兄
柴　清介　会津藩士　柴茂四郎の叔父
柴　茂四郎　白虎隊　健次郎の友人

柴　太一郎　柴茂四郎の長兄
清水作右衛門　大目付
高嶺　秀夫　会津藩士（東京芸術大学前身の）東京美術学校・音楽学校校長
竹村幸之進　斗南藩学校校長
竹本　登　砲兵一番隊頭
永岡敬次郎（久茂）　斗南藩少参事　思案橋事件首謀者
中沢志津馬　砲兵隊組頭
中沢　十郎　中沢志津馬の父
中根　米七　思案橋事件関係者
野矢　良助　目付
日向　衛士　学校奉行
広沢富次郎（安任）　公用方　斗南藩少参事
水島　純　参謀
山本　覚馬　砲術家
山本　三郎　山本八重子の実弟
山本八重子　山本覚馬の実妹
横山　常守　会津軍副総督

（白虎隊）

日向　内記　隊長
篠田儀三郎　白虎隊副隊長
赤羽　四郎　隊士　後に外交官
飯沼　貞吉　隊士
永瀬　雄次　隊士

（その他）

川井　善順　真龍寺住職
酒井　たか
高嶺　幾乃　土井草駒之助の娘　高嶺金右衛門の妻
水島　菊子

【幕府側】

徳川　秀忠　第二代将軍
徳川　家光　第三代将軍
徳川　家綱　第四代将軍
徳川　慶喜　第十五代将軍
保科　栄光　信州高遠城主　保科正之の養父
安藤　信正　旧幕府老中
板倉　勝静　旧幕府老中
小笠原長行　旧幕府老中
松平　春嶽　越前藩主
梅津　金弥　旧幕府陸軍騎兵差図役
榎本　武揚　幕府藩軍副総裁
大鳥　圭介　陸軍奉行

小出　秀美　箱館奉行兼外国奉行
杉浦　重剛　幕臣
館林　旧幕府軍、沼間慎次郎の部下、健次郎のフランス語教師
沼間慎次郎（守一）　旧幕府歩兵頭
畠山五郎七郎　旧幕府陸軍歩兵差図役
林　旧幕府軍、沼間慎次郎の部下、健次郎のフランス語教師
布施　七郎　旧幕府陸軍砲兵差図役

【仙台藩】
玉虫佐太夫　仙台藩参謀
玉虫　文一　武蔵大学教授　玉虫佐太夫の末裔

【南部藩】
高須梅三郎　越後府権判事
田中舘愛橘　東京帝大教授　物理学者　健次郎の直弟子　南部藩士
楢山　佐渡　南部藩家老
南部　利恭　共慣義塾創設者　南部藩当主

【長岡藩】
河井継之助　長岡藩家老

【桑名藩】
松平　定敬　容保の実弟　桑名藩主

【美濃郡上藩】
朝比奈茂吉　郡上藩凌霜隊隊長
朝比奈藤兵衛　郡上藩江戸家老

【薩長軍（政府軍）】
（長州藩）
大村益次郎　大総督参謀
奥平　謙輔　長州干城隊参謀
前原　一誠　参議　兵部大輔
吉田　松陰
井上　聞多（馨）　参与
木戸　孝允　総裁局顧問
（薩摩藩）
大山　巌　参議　陸軍大臣　山川捨松の夫
中村半次郎（桐野利秋）　軍監　陸軍少将
伊地知正治
川路　利良　警視庁創設者
西郷　隆盛　陸軍大将
西郷　従道　農商務省卿　西郷隆盛の実弟
（土佐藩）
板垣　退助　土佐藩陸軍総督
伴　中吉
（新発田藩）
遠藤　七郎　北辰隊隊長　庄屋
（その他）
山県小太郎　豊後岡藩士　軍曹

【健次郎の直弟子たち】
田中舘愛橘　東京帝大教授　物理学者　健次郎の直弟子　南部藩士
田中舘ミヨ子　田中舘愛橘の妻
長岡半太郎　東京帝大助教授　物理学者　健次郎の直弟子
長岡　ミサ　長岡半太郎の妻

長岡治三郎　長岡半太郎の父　大村藩士

【東京開成学校】
菊池　大麓　教授（数学）
熊沢　善庵　教授（化学）
隅本　有尚　同校学生　後に福岡県立中学修猷館初代館長
田中館愛橘　同校学生　後に東京帝大教授（物理学）　健次郎の直弟子
外山　正一　教授（化学）
藤沢利喜太郎　同校学生　後に東京帝大教授（数学　理学）

【武蔵高校】
一木喜徳郎　武蔵高校初代校長　宮内大臣
根津嘉一郎　東武鉄道社長　根津財閥創始者
森　有礼　文部大臣
山本　良吉　武蔵高校教頭

【東京理科大学・学習院】
吉江　琢児　理科大学教授
山崎　直方　理科大学教授
大迫　尚敏　学習院院長

【東京帝大・京都帝大・東北帝大】
（東京帝大）
小野塚喜平次　東京帝大総長
菊池　大麓　東京帝大大6代総長　文部大臣
戸水　寛人　法科大学教授
寺尾　亨　法科大学教授
浜尾　新　東京帝大第3代総長　東宮大夫
浜尾　実　浜尾新の孫　東宮侍従
（京都帝大）
沢柳政太郎　京都帝大総長　成城学園創立者
（東北帝大）
本多光太郎　東北帝大
石原　純　東北帝大

【萩の乱】
奥平　謙輔　干城隊参謀
前原　一誠　参謀

【西南の役】
西郷　隆盛
山田　顕義　別働第二旅団団長

【門司駅お召し列車脱線事故】
清水正次郎　門司駅構内主任

【思案橋事件】
永岡　久茂　会津藩士　斗南藩少参事　事件の首謀者
海老原　穆　薩摩藩士
寺本　義久　警視庁第一方面第五署警部補
河合　好直　同二等巡査
木村　清三　同三等巡査
竹村幸之進　斗南藩少参事
井口真次郎　会津藩士
中根　米七　会津藩士
根津（平山）金次郎　会津藩士　健次郎の斗南藩学校時代の同級生

【千里眼事件】
御船千鶴子　当事者

長尾　郁子　当事者
今村　新吉　京都帝大教授　精神病学博士
大沢　謙二　東京帝大医科大学学長
大橋新太郎　実業家
丘浅　次郎　東京高等師範学校教授
川上哲次郎　文科大学教授
福来　友吉　東京帝大教授　心理学博士
三宅　秀　東京帝大名誉教授

【岩倉使節団】
岩倉　具視
津田　梅子　津田塾大学創設者
永井　繁子　益田孝の実妹　教育者（東京音楽学校教員）海軍大将瓜生外吉の妻

【政　府】
奥田　義人　文部大臣
桂　太郎　総理大臣
久保田　譲　文部大臣
黒田　清隆　兵部大丞　北海道開拓使次官

小村寿太郎　外務大臣
柴　五郎　陸軍
出羽　重遠　海軍
東郷平八郎　東宮御学問所総裁　元帥
乃木　希典　学習院院長　大将
広沢　真臣　参議
牧野　伸顕　文部大臣
山本権兵衛　総理大臣

【留学先・アメリカ】
アディソン・バンネイム　エール大学図書館
ウィリアム・ホイットニー　エール大学教授（言語学）
バージー・ノースロップ　コネチカット州教育委員長
ハチソン　ノールウィッチハイスクール校長
ベーコン牧師　捨松の下宿先
ハンドマン夫人　ロバートモーリスの叔母
ピーテェル・ベダル　東京開成学校教授　健次郎は彼の助手
ロバート・モーリス　健次郎の学友

勝　子鹿　勝海舟の嫡男　後に海軍少佐
高木　三郎　外交官　庄内藩士の子
畠山　義成　後の東京外国語学校校長

【その他】
古在　由直　農科大学教授
安川敬一郎　九州の財閥
杉浦　重剛　予備門長兼寄宿舎取締
徳富　蘇峰　雑誌「国民之友」創刊者
西野文太郎　森有礼刺殺事件犯人
三宅　雪嶺　雑誌「日本人」創刊者

星　亮一（ほし　りょういち）

1935年仙台市生まれ。高校時代を岩手県で過ごす。一関一高、東北大学文学部国史学科卒。福島民報記者を経て、福島中央テレビ入社。番組プロデューサーとして、「越龍吼ゆ　嵐の会津・長岡同盟」「風雪斗南藩－北斗以南皆帝州」等を制作した。この間、日本大学大学院総合社会情報研究科に学ぶ。
著書に『会津藩燃ゆ』（ぱるす出版）『幕末の会津藩』『奥羽越列藩同盟』『会津落城』『斗南藩』（以上中央新書）『呪われた明治維新』、『呪われた戊辰戦争』（以上さくら舎）、『会津藩は朝敵にあらず』（イーストプレス）など多数。
20年にわたり戊辰戦争研究会を主催している。

星座の人　山川健次郎～白虎隊士から東大総長になった男～

令和3（2021）年9月15日　初版第1刷

著　者　　星　亮　一
発行者　　梶　原　純　司
発行所　　ぱるす出版　株式会社
東京都文京区本郷2-25-14　第1ライトビル508　〒113-0033
電話（03）5577-6201（代表）　FAX（03）5577-6202
http://www.pulse-p.co.jp
E-mail　info@pulse-p.co.jp
本文デザイン　オフィスキュー／表紙カバーデザイン　㈱WADE

印刷・製本　㈱平河工業社

ISBN 978-4-8276-0262-3　C0023